UN AMOUR
AU LONG COURS

Jean-Sébastien Hongre

UN AMOUR AU LONG COURS

Éditions Anne Carrière

Du même auteur

Un joueur de poker, éditions Anne Carrière, 2010.
Un père en colère, éditions Max Milo, 2013.

ISBN : 978-2-8433-7878-2

www.anne-carriere.fr

À Émilie

« L'amour n'est pas seulement un sentiment, il est un art aussi. »

Honoré de Balzac

Anaïs,

Je sais que tu seras surprise en découvrant mon ordinateur posé sur ton lit, ouvert à cette page. Tu ne t'y attends sûrement pas. En lisant ce qui suit, tu vas sans doute te dire qu'on a trop bu, avec Arnaud, hier soir. Ce n'est pas faux, mais finalement cela n'a pas été inutile. Je vais te raconter ce qui s'est passé.

La soirée s'éteignait gentiment après que tu sois partie te coucher. On finissait tranquillement nos digestifs, mais l'idée est venue à la nouvelle conquête d'Arnaud de débarrasser la table. Bien entendu, dans la cuisine, elle est tombée « dessus » : sur notre « Constitution du couple ».

À son retour, elle a interpellé Arnaud :

— C'est génial d'afficher ça sur un frigidaire, comme un pense-bête ! En tout cas, une chose est sûre : toi, tu n'as appliqué aucune de leurs règles de vie. Si tu l'avais fait, tu n'aurais pas deux pensions alimentaires à payer. N'est-ce pas, mon chéri ?

— Mais ça n'aurait jamais marché avec moi, a répliqué Arnaud. Et c'est tant mieux, car sinon tu ne m'aurais pas rencontré. Je vais te dire, ma douce, je connais bien leur Constitution et je peux te l'affirmer : dans la majorité des cas, les mots ne sauvent pas du temps qui passe.

C'est tout lui, ça. Il s'est toujours moqué de notre « vaine tentative de vaincre notre époque ».

— Mais enfin, s'est-elle insurgée, ça marche, leur truc ! Ils ont deux enfants et ils sont ensemble depuis plus de vingt ans. Tu ne peux pas le nier !

— Anaïs et Franck forment un couple particulier, un cas à part. Tu es jeune, tu ne le sais pas encore, mais, comme disait Guitry, « l'amour, c'est des grands mots avant, des petits mots pendant, des gros mots après ». Pour résister à l'usure du temps, Franck et Anaïs tentent de s'en sortir en appliquant une dizaine d'articles de loi qui régissent leur couple et leur vie de famille. Mais c'est un vrai carcan, une frustration de tous les instants, une prison ! Et tout cela, pour rester ensemble coûte que coûte. Hein, Franck, tu l'aimes, ta prison ? m'a lancé Arnaud.

Là, ça a commencé à déraper. Je n'allais pas refuser le débat ! Après deux cognacs supplémentaires, la logique n'importait plus. Les formules ont fusé. Arnaud a soutenu que le désir ne se contrôle pas et que la fidélité à vie est une farce. Moi, je lui ai rétorqué que s'imposer des lois est la seule liberté véritable, que c'est pour cette raison que toi et moi avons agi. Pour ne pas subir.

— Si tu y crois si fort, à ta Constitution du couple, a objecté Arnaud, fais-en au moins profiter les autres, ne la garde pas pour toi ! Cela pourrait être utile à certains pour recoller les morceaux. Tu pourrais même créer un blog ; c'est à la mode et ça ne coûte pas cher. Tu verras bien si ça marche !

Je dois l'avouer, j'ai plongé, enthousiaste. Oui, pourquoi pas ? me suis-je répété, pourquoi ne pas rendre publique notre tentative ? J'ai ruminé toute la nuit. J'ai imaginé la forme que pourrait prendre notre témoignage. J'ai même griffonné plusieurs titres : *La Constitution du couple, La République du couple, Un couple en résistance...*

Et puis, aujourd'hui, je me suis lancé. Je profite de ma pause déjeuner dans l'open space silencieux. Étrangement, je n'éprouve aucune appréhension devant cette tâche, comme si tout m'y avait préparé. Là, face à mon écran, je me sens pleinement en phase avec moi-même. Je crois que je suis apaisé à l'idée de raconter notre histoire.

Bien sûr, je vais avoir besoin de toi car, durant toutes ces années, nous avons été deux – deux guerriers, deux lutteurs solidaires dans les victoires comme dans les défaites. Voilà pourquoi nous devons écrire notre histoire *ensemble*. À défaut de la publier, comme Arnaud le souhaite, faisons-le pour Lucie et Sarah, pour que nos filles sachent un jour ce que notre combat a impliqué. Je suis convaincu que cet exercice te fera du bien et te permettra d'échapper un peu au poids du présent.

Et puis, c'est toi qui as été visionnaire, dès le début. C'est toi qui, la première, as eu l'ambition d'échapper à la fatalité des séparations. Ce n'était pas si courant à l'époque. Nous avions vu tant de couples se former, se déchirer, divorcer puis tirer derrière eux leur progéniture qu'ils accrochaient de force au wagon de leurs familles recomposées ! On les avait surpris, hagards, paumés, la rage au ventre après avoir dansé la valse des procès, ou bien les larmes aux yeux, à calculer leurs chances au grand jeu de la garde des enfants. Tu prétendais que leur échec était né d'une union trop précoce, d'un mariage placé sous le sceau d'un romantisme de parade, qui sous-estimait le prosaïsme du quotidien. « Beaucoup de couples sont vulnérables, ils n'ont aucun plan de défense, ils s'imaginent que la passion des débuts suffira à les protéger des tentations. L'idée même d'utiliser leur volonté pour rester ensemble leur semble être une trahison de l'idée qu'ils se font de leur amour», disais-tu. En général, ce trop-plein d'optimisme se fracasse en quelques années contre le mur des devoirs familiaux. Le résultat est le même pour bon nombre de mariages dits de raison : ils n'évitent pas les affres de la frustration. Et les séparations sont bien moins faciles que ce que la propagande médiatique nous répète, à coups de formats courts et de fictions vantant le bonheur ensoleillé des familles divorcées.

Tu aurais pu aussi évoquer les couples qui se lient à cause de l'arrivée d'un enfant, ceux que les nécessités financières enchaînent pour éviter la dégringolade sociale, ou les couples de façade qui ne tiennent que par convention ou par peur du vide. Tous menacés par une faiblesse originelle, se refusant à mettre des mots sur les risques de dislocation. À l'image de termites patients et irrésistibles, les non-dits grignotent les fondations de leur union, puis tout s'écroule, et l'entourage écarquille les yeux au spectacle du désastre.

Toi, d'emblée, tu voulais que nous résistions, en pleine conscience. « Il faut nommer les obstacles, regarder en face les pièges que nous tend le monde extérieur afin de les déjouer. »

Notre « gouvernement de couple » trouve assurément sa source dans ces idées qui t'habitaient. Moi, j'ouvrais de grands yeux et j'acquiesçais. Je me rendais compte que, pendant des années, à cause de mon métier de publicitaire, j'avais été du mauvais côté : un pourvoyeur de tentations. Les médias photoshopent des corps parfaits, attisent la convoitise et invoquent des excuses hypocrites à l'intérieur de nos crânes pour nous ôter toute culpabilité. J'avais contribué au commerce des promesses, cultivé la frustration des consommateurs à coups d'affiches ou de publicités télévisées. La grande lessiveuse des âmes et des larmes tourne à plein régime ; la fidélité, ou toute espèce de normalité, est l'objet de la dérision télévisuelle et du sarcasme des animateurs au rire gras ; il s'agit de jouir vite, abondamment, et de compter sur une armée de psys pour panser les plaies. Tout cela, tu l'avais déjà compris à l'époque.

Pourtant nous étions jeunes – à peine vingt-sept ans pour toi, vingt-huit pour moi – lorsque j'ai croisé ton chemin. Notre attachement n'était motivé ni par la convoitise, ni par un besoin de conquête, ni même par l'attrait de la nouveauté. Ce n'était pas la passion qui nous animait mais un sentiment bien moins éphémère : l'envie de construire notre destin, de mener un long et unique voyage. Nous avons eu l'un pour l'autre une sorte de coup de foudre sans éclair ni tonnerre, sans crises ni effusions, sans pleurs ni exaltations, sans mensonge intérieur pour travestir l'amour de soi en amour de l'autre. Je pourrais écrire « un coup de foudre bourgeois », mais j'ai peur que tu le prennes mal. Quoique... Le mot « bourgeois » semble revenir à la mode, avec tout ce qu'il comporte de positif – la politesse, la retenue. Un peu de civilisation, en somme.

Mais peut-être ne vois-tu pas les choses comme moi ? Peut-être qu'au départ, entre nous, il y a eu un de ces malentendus qui permettent aux choses d'advenir par miracle ? J'en doute, ma chérie, car nous n'aurions pas eu la force d'être si pathologiquement anachroniques et endurants. C'est exactement ce qu'Arnaud m'a répété hier soir, lui qui veut que nous livrions notre « secret » et que nous racontions notre histoire.

Ce soir, j'irai déposer l'ordinateur dans ta chambre pendant ton sommeil, sur la table de nuit, en veille mais ouvert sur ce fichier, et j'espère que tu me répondras demain, une fois que je serai parti au travail.

Ensuite, il nous suffira d'écrire à tour de rôle ; ce sera la manière la plus simple d'avancer, de raconter comment les articles de notre Constitution sont nés successivement, à mesure que notre vie s'est déroulée.

Ce sera également une bonne façon de te changer les idées. Tu sais, quand je pars au travail, j'ai toujours un pincement au cœur en te laissant, surtout si Lucie est en cours. Je me demande comment tu occupes ta journée, si tu t'ennuies, si tu souffres. Revisiter notre passé pourrait te faire du bien. L'écriture de ces quelques lignes me donne déjà de l'énergie, une forme de satisfaction joyeuse, de fierté inédite aussi. La fierté de nous être placés à rebours de notre époque. Oui, à l'aube de notre relation, dans un songe commun, nous avons rêvé que nous pourrions aller tout au bout d'un voyage s'apparentant à une odyssée et qu'un jour, enfin parvenus à destination, nous serions de vieux guerriers ridés, au-delà de la passion, de la tendresse, et même de ce qu'on appelle communément l'amour.

Pour y parvenir, nous avons dû inventer notre « arme » : une Constitution avec ses articles de loi pour résister aux pressions de notre époque et tenir, ensemble, fidèles. C'est de cela que nous devons témoigner.

Franck

Mon chéri,

Comme il est mignon, mon apprenti écrivain ! J'ai été émue par ton dernier paragraphe. Il faut croire que ton métier de rédacteur a créé le terreau nécessaire à l'émergence de « Franck le poète ». Tu t'es lâché ! Tu te fais plaisir et tu te regardes un peu écrire. Ça va, ne fais pas la tête, il est adorable, ton premier jet ; ça pourrait presque me plaire de devenir une héroïne, si tout cela ne ressemblait pas à un grand déballage. Car tu vas vite en besogne en imaginant que je vais t'aider à écrire notre histoire. D'ailleurs, est-ce une histoire ou une fable ? Quand j'ai vu dans la cuisine le nombre de cadavres de bouteilles, ça ne m'a pas étonnée qu'une telle idée vous soit venue.

Peut-être n'as-tu pas encore assez dessoûlé pour te rendre compte que c'est notre histoire que tu souhaites étaler devant le monde entier. Pour ma part, je n'ai aucune envie de nous mettre en scène ; ce serait impudique de tout raconter, nos filles ne seraient pas d'accord. Pour vivre heureux, vivons cachés, c'est un de nos principes fondateurs. Parfois, je me demande si tu n'aimes pas davantage notre projet de résistance que moi-même.

Toi, tu te vois déjà en haut de l'affiche, avec ton vieux désir d'écrire. Tu imagines des centaines de couples venant quémander tes conseils sur ton blog. Je me trompe, mon chéri ? Franck, le sauveur de couples, l'ami des familles, l'ultime recours ! Il y a toujours eu en toi ce petit besoin de gloire, cette quête du succès. Et lorsque tu as cessé ta profession de publicitaire pour devenir un simple rédacteur, un manque a subsisté. Mais voici que tu trouves à nouveau du grain à moudre. Écrire sur notre vie, la transformer en légende, devenir écrivain, quelle perspective ! Tu te lances donc, tu te fais plaisir, c'est amusant, égocentrique certainement. Tu me parles d'un « coup de foudre bourgeois », comme si nous avions été conscients alors de la façon dont nous nous arrimions l'un à l'autre. C'est beau, un « coup de foudre bourgeois », mais qu'est-ce que ça veut dire ? Que l'on cherchait du confort ? Que l'on fuyait le danger ? Il me semble que c'était plutôt une sacrée aventure, ce que nous nous apprêtions à tenter.

Je ne t'en veux pas, je te charrie un peu ; tu mérites la reconnaissance, mais pas celle que tu crois. Car elle est bien là, ta gloire, à quelques mètres de toi. Elle t'illumine à chaque regard que Sarah et Lucie portent sur leur père. C'est une gloire effacée, tout en retenue, celle de tant de gens qui s'efforcent de vivre dignement dans un siècle fou et qui écrivent dans l'anonymat des histoires d'amour, d'amitié ou d'attention aux autres.

Alors je te pose la question : à quoi bon ouvrir les fenêtres et laisser échapper notre secret pour qu'il soit happé par la foule ? Cette confession nous sucera la moelle jusqu'à ne laisser de nous que des cadavres asséchés, crois-moi. Elle nous obligera aux explications trop précises, à trouver des mots là où il vaudrait mieux que demeure la protection opaque du silence. Il faudra tout justifier. Même lorsque nous écrirons, le regard de ces gens sera en nous, comme des projecteurs de cinéma rivés sur nos âmes ; nous anticiperons les demandes, les questions, les doutes, et nos paroles seront faussées par cette exigence. Oui, je maintiens que ce récit n'est pas une bonne idée et qu'il porte en lui tous les risques de l'impudeur.

Plutôt que de décrire notre passé, nous ferions mieux de vivre intensément le temps qu'il nous reste. Oublions cette idée de fin de soirée. Nous pourrions le regretter, sinon.

Anaïs

Article 1 :
Ne jamais critiquer l'autre lorsqu'il s'occupe du bébé.

Anaïs,

Eh bien moi, je vais essayer quand même ! Tu as peur, mais que risque-t-on à se lancer pour voir ce que ça donne ? Tu évoques une forme de narcissisme, tu as raison. C'est vrai que je me prends au jeu, que j'éprouve une satisfaction à être un rédacteur libre de toute contrainte, sans autre souci que de me libérer des mots qui se bousculent au portillon.

Ma main est libre, mes phrases s'autorisent un peu de lyrisme, mes paragraphes s'enchaînent mais, au fond, je ne sais pas trop par quel bout commencer notre histoire. Nous pourrons toujours la retravailler ensuite, pour éviter cette impudeur qui t'effraie. Rien n'est définitif tant que ce texte navigue entre nos deux chambres. Alors, pourquoi ne pas tenter le coup ? Pourquoi ne pas expliquer le premier article qui nous a tant aidés quand les filles étaient bébés ? Car c'est bien comme ça que tout a démarré.

Ce soir j'écris tranquillement installé sur le lit de Sarah, dans le silence de l'appartement, et une surprenante sensation de plénitude m'envahit. Parfois, je relève la tête et j'observe ces murs qui ont vu défiler nos existences. Vingt ans que nous vivons ici. Quand on a emménagé, je me rappelle, tu étais enceinte de cinq mois. Toi aussi, tu as tout de suite été séduite, sans doute parce qu'au sixième étage les baies vitrées nous offraient une clarté qui réchauffait le bois du parquet ; le panorama constituait une pièce supplémentaire, en quelque sorte.

Le jour de la signature du bail, je me souviens, tu as dessiné sur ton carnet le Petit Prince de Saint-Exupéry se tenant, bras ouverts, devant une maison pleine de fenêtres, au-dessus de laquelle une lune en forme de visage souriait. J'ai toujours aimé tes dessins, ils m'ont souvent renseigné sur ta météo personnelle.

Quand j'ai commencé à travailler avec toi en tant que rédacteur chez Marmiton, je me suis demandé par quel miracle ce site culinaire pouvait être aussi attractif et vivant. J'ai vite compris, à l'occasion de nos premiers projets en commun : j'ai pu admirer la manière dont tu jouais avec les visuels, les formes et les couleurs ; tu les modifiais, tu les assemblais pour leur donner du sens et en faire naître une émotion. Oui, tu ressens les images avec une justesse étonnante, pour autant que je puisse en juger. J'ai même l'intuition que tu veux depuis longtemps utiliser les mots pour te confier, mais que tu n'oses pas. Ce Petit Prince que tu as dessiné quand on a emménagé à Boulogne, si tu savais combien je l'ai aimé ! J'imaginais notre futur fils sous ses traits. Mauvaise pioche, tu étais enceinte d'une petite fille.

Sarah est née. Pour toi comme pour moi, les premiers jours, la joie a été aveuglante, une ivresse saine, la cuite au bonheur. Puis le réel a sonné la fin de la récréation. La logistique nous a submergés. Le temps a filé et, un peu par hasard, ou bien par une volonté inconsciente de risquer le tout pour le tout, tu es tombée enceinte à nouveau. Lucie est née dix-huit mois après Sarah. Deux bébés. Tu te souviens ? Ces mois de tension entre nous, le manque de sommeil, les cris, les pleurs, l'épuisement des nerfs... Nous nous étripions pour un rien dès que l'un de nous s'occupait d'un bébé. Et je t'ai proposé l'article 1. Tu m'en as toujours été reconnaissante, et pourtant cet article n'est pas de moi. C'est ma mère qui en est à l'origine, car quelques jours avant que je l'énonce, elle m'avait sermonné en ton absence :

— Franck, j'en ai marre de l'ambiance qu'il y a ici. Quand j'arrive, vous êtes toujours en train de vous engueuler à cause des filles. Anaïs te répète de ne pas laisser Lucie se traîner par terre. Toi, tu crois faire de l'esprit en lui répliquant que ce n'est pas en autorisant Sarah à mettre les doigts dans la prise électrique qu'elle deviendra une lumière ! Faut arrêter, là ! Sans compter toutes les fois où vous me prenez pour juge de vos disputes. C'est exécrable, tout ça, vous allez droit dans le mur. Méfiez-vous, les enfants prennent de la place, une grande place dans la vie de leurs parents. Toute la place, si vous les laissez faire ! Tiens, par exemple, ta naissance a été un véritable séisme pour ton père et moi. Je peux presque affirmer que c'est à cause de ça qu'il a commencé à sauter ses stagiaires au bureau. Et dans notre entourage on en a vu, des couples qui explosaient à l'arrivée d'un bébé.

Elle n'a pas tort, ai-je songé, tandis qu'elle continuait son monologue comme à son habitude, mêlant détails et provocations. Je me suis souvenu du visage d'Arnaud des années plus tôt, avant que je te rencontre, du temps de sa première femme. Ils venaient d'avoir des jumeaux. Toute la journée, Arnaud errait, mâchoires serrées, à bout de nerfs, dans les couloirs de l'agence W Communication où je travaillais à l'époque ; on aurait dit un zombie aux cernes creusés par le manque chronique de sommeil. Je me moquais de lui, tout en le couvrant. Avec des amis publicitaires, nous tricotions des théories pour le mettre en rogne, nous lui disions que l'amour dans son couple n'était qu'un cadavre qu'il avait cru ramener à la vie par la grâce d'un bébé. Ou bien nous l'accusions d'avoir enfanté pour fuir une angoisse existentielle, tandis que nous, les « lucides », affrontions courageusement l'absurdité de l'existence. Je sais, ce n'est pas beau le sarcasme, j'étais un peu con alors.

Six mois après la naissance de ses enfants, Arnaud nous a annoncé son premier divorce presque fièrement :

— Arrêtez de me regarder avec cet air de pitié. Je suis très heureux de cette séparation. Il était temps que je la quitte. « Son sommeil était, de beaucoup, ce qu'elle avait de plus profond », a écrit Guitry. Et je vais vous l'avouer, mes amis : depuis la naissance des jumeaux, ma femme a perdu le sien...

Il omettait de dire qu'il n'arrêtait pas de la tromper, incapable de résister aux charmes de la comptable de l'agence.

Pour toi et moi également, ça commençait à partir en sucette. Biberons, nuits trop courtes, bronchiolites, gastros, couches, tétines, cris, pleurs... cette période n'avait rien d'idyllique. La tension montait aussi vite que la température des filles au moindre bobo. En réalité on peut se le dire, ma chérie : pour la première fois depuis le début de notre union, on se disputait sérieusement, sourcils froncés, lèvres serrées et ton lapidaire. La fatigue, l'épuisement nerveux, ces paroles définitives mettaient en danger notre couple. Ma mère avait raison. S'occuper des bébés à deux créait sans cesse des conflits et nous dressait l'un contre l'autre. On passait notre temps à s'étriper pour des détails. Les conseils péremptoires fusaient toujours de la part de celui qui en faisait le moins à destination de celui qui agissait.

Il y avait aussi ces discussions sans fin auxquelles je feignais de m'intéresser alors que c'est uniquement par orgueil que je m'opposais à tes choix : la couleur des rideaux, la taille du landau, de la poussette, le choix du lait ou des couches, tout était matière à débat.

Ma mère a brutalement interrompu ma prise de conscience pour me proposer une solution :

— Tu m'écoutes, Franck ? Je te répète depuis cinq minutes que tu dois réagir. Parlez-vous ! Essayez de vous organiser, de vous faire confiance. Trouvez un moyen d'arrêter de vous battre pour des bêtises. Séparez les rôles. Toi, tu t'occupes de Lucie, Anaïs de Sarah par exemple. Ou bien toi le matin, elle le soir ! Enfin bouge-toi, mon grand !

Voilà pourquoi ce soir-là, tandis que tu étais assise, pâle et raide, sur le canapé, j'ai tenté le coup.

— Anaïs, il faut qu'on réagisse... pour nous rendre la vie moins... électrique. On pourrait par exemple se dire que, si l'un de nous s'occupe d'une des filles, l'autre n'intervient pas, ne critique pas, ne prononce ni remarque ni conseil, rien, sauf en cas de risque vital, évidemment. La règle serait en somme : soit tu le fais, soit tu te tais ! Ainsi, on arrêtera de se disputer pour un rien. Qu'en penses-tu ?

Tu as souri. Ça sentait la réconciliation. Avec l'enthousiasme des rescapés, nous avons alors recensé les mille cas où l'imperfection serait acceptée : une couche mal mise, un repas trop chaud ou trop froid, un objet à la portée de Sarah ou de Lucie ne devaient pas inciter celui qui n'était pas « en charge » à intervenir auprès de celui qui gérait la situation. Nous avons aussi listé quelques cas extrêmes qui justifieraient tout de même une alerte. Nous avions l'impression de reprendre le contrôle. Mais, je peux l'avouer aujourd'hui, j'étais sceptique, même si je n'en montrais rien. Il faut dire que je possédais encore de belles réserves de dérision qui injectaient en moi le doute. Si tu crois que ce genre de règle de vie va vous sauver..., me répétait une petite voix.

En même temps, je t'observais, admiratif. Toi, tu étais reconnaissante, joyeuse. Je ne parvenais pas à reconnaître que cette belle idée, pleine de bon sens, n'était pas de moi.

Au final, soyons fiers. Cet article a été un succès. Il nous a en grande partie sauvés des cris et du ressentiment – pire, d'une séparation. Tu ne crois pas ? Tu n'as pas envie de me donner ton opinion ? Je suis prêt à tout entendre !

Franck,

Quand j'ai retrouvé l'ordinateur posé sur la couette, ce soir, j'ai soupiré. Je me suis demandé pourquoi ce n'était pas toi sur ce lit, pourquoi le sort nous a poussés, il y a trois mois, à prendre la décision de séparer nos nuits. Puis je me suis rappelé que c'est moi qui ai recherché cet isolement, par pudeur, parce que je voulais te préserver de ma fatigue, de mes douleurs articulaires intenses, de mes poussées de fièvre et des palpitations inquiétantes qui me réveillent la nuit. Les médecins ont enfin compris que ce n'est pas une dépression qui me ronge depuis des mois. À présent, ils font des examens. Il était temps. En attendant qu'ils mettent un nom sur ma maladie, j'ai besoin d'une tanière dans laquelle je puisse me plaindre seule de mes maux, ne plus me tenir droite, être irritée, et me reposer.

J'ai hésité à te lire, mais tu as su attiser ma curiosité. Désormais, je suis partagée, touchée de me replonger ainsi dans la petite enfance des filles, mais un peu gênée aussi par ce déballage. Tu prétends que tu es prêt à tout entendre. Eh bien, on va voir ! Je vais veiller à ce que nous disions la vérité, *toute* la vérité ! Tu veux un récit ? Dans ce cas, il devra être sincère, sans aucun mensonge pour travestir nos erreurs. Et si je devais pister le mensonge, je dirais qu'il est, comme souvent chez toi, par omission. Et je ne parle pas de cette pseudo-révélation sur l'origine de l'article 1. Qu'il vienne de ta mère, quel scoop ! Ha, ha, ha !

Non, là où je tique, c'est quand tu excuses ta réticence à utiliser l'article 1 par ton esprit défaitiste et ton goût du sarcasme. En réalité, c'est ton orgueil masculin qui en a freiné l'application. Dès la naissance de Sarah, tu surveillais chacun de mes gestes quand je m'occupais d'elle. Tes conseils fusaient, aggravant une tension que le manque de sommeil faisait naître en moi. Alors oui, comme tu dis, c'était affreux, ces reproches, ces injonctions, des procès sans fin, le jeu des réquisitoires et de la mauvaise foi. Mais ce que tu ne dis pas, c'est que c'était essentiellement moi qui étais visée et toi qui jouais au procureur ! À te lire, on a l'impression que nous étions à égalité dans la répartition des tâches. En réalité, c'est moi qui gérais et toi qui critiquais !

Et ce n'est pas parce que tu as édicté l'article 1 que tu l'as accepté pour autant. Très vite, tu as compris qu'il t'ôtait le monopole autoproclamé de l'autorité et de la critique facile. Tu as été frustré de ne plus pouvoir me donner de conseils ou d'ordres. L'article 1 t'a obligé à transférer une part de ton pouvoir de mâle. Cet abandon t'a torturé. Je suis certaine que tu devais traquer les critiques qui se formaient dans ton esprit lorsque je m'occupais de Sarah ou de Lucie pour éviter qu'elles ne t'échappent dans une remarque à l'emporte-pièce. C'est beau, l'impératif de la loi : lorsque tu craquais, il me suffisait de nommer l'article 1, ou bien plus tard, lorsque nous l'avons écrit et affiché, de tendre le doigt vers le frigidaire.

À ta décharge, je dirai que l'orgueil masculin n'était pas seul en cause : la crainte d'être un mauvais père générait en toi un désir de perfection permanent, la peur de mal faire également. Moi aussi je luttais, mais disons que, compte tenu du temps que tu passais à t'occuper des filles, j'avais nettement moins d'occasions de te critiquer. Nous étions censés effectuer à tour de rôle nos devoirs de jeunes parents ; pourtant, très majoritairement, c'est moi qui étais de corvée. Nous ne travaillions pas dans les mêmes services chez Marmiton, et tes horaires étaient plus allongés que les miens. Tu partais plus tôt le matin et revenais plus tard. Nous y étions habitués. Je crois aussi que l'idée de faire le trajet avec moi te gênait. Tu acceptais qu'on se soit rencontrés au travail, pas davantage ; une fois en couple, tu as tout fait pour qu'on oublie que nous étions employés par la même entreprise. C'était là une règle saine. Malgré tes horaires à rallonge, tu tentais parfois de m'aider dans les tâches quotidiennes.

Moi, je m'écroulais sur le canapé ou sur le lit au bord des larmes, que je retenais par peur de montrer mon extrême faiblesse. Je tentais de me reconstituer, fermais les yeux et me répétais qu'être une bonne mère consiste à accepter ces charges, cette fatigue, pour ne pas être égoïste, pour ne pas être comme « lui » – lui, mon père, bien sûr. Puis je reprenais mon sacerdoce et, pendant que tu te posais devant la télévision, je baignais Sarah et Lucie, les mettais en pyjama, leur préparais à dîner, les faisais manger, les couchais. Puis je rangeais et ramassais tout ce qui traînait, et je te servais à dîner pendant que tu regardais toujours l'écran, les pieds sous la table. Tu n'allais pas bien, je le sentais aussi, mais ça, c'est une autre histoire.

Alors tu vois, au fond, l'article 1, nous aurions pu l'écrire ainsi : « Puisque Anaïs s'occupe des filles, Franck ne dit rien, n'intervient pas et ne critique pas. »

Voilà ! C'est dit. Et ça fait du bien. J'étais épuisée en commençant à te répondre. Maintenant, je me sens pleine d'énergie.

Encore une chose qui ne va pas te plaire. Quand tu termines ton texte avec grandiloquence sur le « succès » de notre combat, je suis obligée de réagir. Je n'arrive pas à imaginer que tu sois aussi dupe.

Avoue-le, l'article 1 nous a poussés à nous répartir le temps pendant lequel nous nous occupions des bébés. Que nous restait-il en commun ? Durant les trois premières années de nos filles, qu'avons-nous fait de notre couple ? Avons-nous été attentionnés l'un envers l'autre ? Bien sûr, il y a eu la tendresse, les merveilleux moments de l'éveil, des instants de bonheur intense à regarder grandir nos filles. Nous avons entamé la construction d'un bonheur à quatre. Un bonheur de famille. Mais nous deux ? Notre bonheur de couple, où était-il ? Qu'étaient devenues nos sorties en amoureux ? Les dîners improvisés ? Les fins de soirée à 4 heures du matin, à parler de tout et de rien ? Les rires et les sourires ?

En réalité, les trois premières années, nous avons exproprié sans ménagement notre couple. J'en porte ma part de responsabilité, je le reconnais, car je veux être lucide et honnête. Mon corps était abîmé par deux accouchements et, ayant perdu la certitude de plaire, je me suis isolée. Oui, je me suis isolée de toi parce que, sans que je le laisse paraître, mon passé me torturait. Mon rôle de mère réveillait en moi la face rageuse de mon passé et me renvoyait ma propre enfance au visage. Je ne pouvais plus me cacher à moi-même ce trou noir qui avait dominé toute mon existence. Pourquoi n'avais-je pas eu une enfance comme celle que j'offrais à mes filles ? Était-ce moi l'anormale, ou mon père ? Tu sais comme je déteste parler de lui. Mais ce n'est pas ma faute si je suis née à une époque de déconstruction dont bien des enfants ont été les cobayes.

Mon père m'a abandonnée pour partir vivre aux États-Unis. Ça, tu le sais, et très vite tu as compris que je ne souhaitais pas me confier. Ce que je ne t'ai jamais raconté, ce sont les soirées agitées qu'il organisait dans notre appartement familial, et tous ces bruits que j'entendais : des cris étouffés, des rires vulgaires, des soupirs mystérieux. Vois-tu, une chambre de petite fille n'aurait jamais dû être envahie par les sons qui s'infiltraient sous ma porte. Je crois me souvenir que mon père me promenait fièrement dans le séjour, en début de soirée, pour me montrer à ses amis. Je me rappelle vaguement des visages souriants, des femmes en robe longue, des smokings, des serveurs, du champagne. Ma mère me ramenait à chaque fois dans ma chambre sous l'œil désapprobateur de mon père. Moi, je voulais rester, lui voulait que je reste, j'aimais ce désordre, ces rires. Mais ma mère, d'ordinaire soumise, ne l'était pas à cet instant ; je *devais* retourner dans ma chambre.

Plus tard dans la nuit, les bruits changeaient de nature, et ceux-là, je ne les aimais pas, ces sons insupportables qui rampaient jusque sous mon lit. Tu comprends mieux maintenant pourquoi j'ai toujours détesté les cris. En observant chaque soir nos deux bébés qui dormaient en paix, j'avais la nausée de ce passé acide, de ces nuits sombres, troubles.

J'ai ruminé et ravalé tout ça au fond de moi, depuis toujours. J'aurais dû t'appeler à l'aide. Mais toi, as-tu un seul instant porté un regard attentif sur ta femme ? Tu ne voyais que la timide Anaïs, effacée, fidèle au poste, sans plaintes ni reproches.

Heureusement, ce sont les filles qui m'ont sauvée. Au fil du temps, elles ont vaincu l'enchantement maléfique et m'ont offert la force de l'estime de soi. En les regardant grandir, j'ai eu la certitude que je ne serais jamais comme mon père, et chaque aurore qui confirmait l'enfance douce que j'offrais à Sarah et à Lucie me procurait un sentiment croissant de confiance en moi. Je me suis libérée. Contrairement à ce que tu as l'air de dire, les filles ne nous ont pas séparés, elles m'ont réparée par leur amour.

Car vois-tu, je n'ai été forte qu'à partir de ce moment-là. Lors de notre rencontre, je me suis liée à toi par amour, bien sûr, mais aussi pour me sauver moi-même. J'avais compris qu'il me faudrait enfanter pour me libérer. Cependant, je n'imaginais pas que les trois années de leur petite enfance me seraient nécessaires pour renaître.

Et toi, où étais-tu pendant ce temps ?

Tu vois, finalement, je m'y fais, à ton idée de récit.

Article 2 :
S'organiser pour se répartir les tâches.

Anaïs,

Toi qui hésitais à te confier, voilà que tu brosses un tableau terrible de cette période. Conforme à la vérité, sans doute. Je l'ai lu plusieurs fois, pour être sûr de bien comprendre, puis comme une punition. Assurément, au moment des faits, je n'ai pas vu ou pas voulu voir ton état. Je n'ai certainement pas été à la hauteur.

Je devrais peut-être revenir dormir dans notre chambre, pour adoucir ton jugement ? Je plaisante. Celle de Sarah me convient, j'ai l'impression de mieux la comprendre en vivant dans son petit monde. C'est plus délicat le week-end, quand elle rentre à la maison : dormir au salon suscite dans l'appartement un curieux désordre qui rappelle à chaque instant ce qui se trame ici. Bref, ça tiendra comme ça, ne t'inquiète pas.

Oui, tu as raison, la petite enfance de nos filles a été une période dangereuse pour notre couple. Et si je n'ai pas été très solidaire, je dirai pour ma défense qu'en contrepartie j'ai assumé une belle part à l'adolescence, autre période délicate. Alors, s'il me faut te demander pardon pour mon manque d'implication, j'accepte volontiers de le faire. Je crois que les sentiments qui ont dominé cette période sont le harassement et la peur.

Tu as raison : nous avons négligé notre couple. Nous nous sommes dissimulé son épuisement psychique en nous abritant derrière notre fatigue physique. Il ne m'était jamais venu à l'esprit que nos articles de loi pouvaient aussi nous aider à réveiller les sentiments ou même à les cultiver. Non, comme tu le dis, à cette époque-là, nous les réservions à l'organisation du quotidien.

Et pourtant, je maintiens que les premiers articles nous ont été très utiles et que sans eux nous aurions sombré. Notamment l'article 2, qui a été une extension logique de l'article 1. Tu te souviens ? Peu après la mise en place du premier, je t'ai convaincue que nous devions organiser des points hebdomadaires pour vérifier si nous respections scrupuleusement cette nouvelle règle de vie et pour nous répartir les tâches. Ces réunions étaient de véritables « conseils des ministres », avec les portefeuilles que nous nous étions attribués. Même si nous n'avons pas toujours respecté leur fréquence hebdomadaire, nous avons réussi à tenir ces réunions depuis plus de vingt ans ! Rien que pour cela, ça valait le coup. Il ne nous manque que les comptes rendus écrits. C'est dommage, si on les avait rédigés, on pourrait revisiter toutes nos décisions, nos dilemmes, nos désaccords, nos compromis. On en ferait un gros classeur à offrir aux filles, afin qu'elles mesurent l'épaisseur de nos efforts et de nos doutes, durant toutes ces années. Elles comprendraient qu'elles ne sont pas devenues ce qu'elles sont par l'opération du Saint-Esprit.

Lorsque nous nous sommes rencontrés chez Marmiton, tu semblais peu sûre de toi, mais ce n'était pas un défaut. Au contraire, de ce manque de confiance, de cette naïveté naissait une aura revigorante et bienfaisante. Quand j'ai commencé à travailler avec toi, j'ai été envahi par les ondes positives et bienveillantes que tu dégageais. Pour la première fois, j'étais hors de toute représentation. Tu m'apaisais. Au contact de cette fragilité, j'avais l'impression de découvrir l'humilité et l'écoute.

Peu à peu, je me suis rendu compte que tu m'attirais à ton rythme et que derrière la délicatesse s'activait aussi une volonté – délicieuse – de me « ferrer ». C'est d'ailleurs toi qui m'as arraché un baiser en bas de chez toi, dans le 18e arrondissement, non loin du métro Simplon. Une semaine plus tard, c'est encore toi qui m'as couché sur ton lit, dans ton petit deux pièces, alors que je tergiversais comme un lycéen. Sans alcool, sans confiance en moi, je ne savais pas comment gagner ce genre de bataille.

Tu ne l'avoueras pas, mais je crois bien que tu as éprouvé un plaisir ambigu à diriger les opérations, à organiser les assauts dans la nuit, pour faire tomber les forteresses et les dernières résistances.

À partir de cette nuit-là, j'ai presque systématiquement dormi chez toi.

Les semaines suivantes, nous avons dîné chaque soir assis par terre sur la moquette, tels des enfants surexcités se chuchotant les secrets d'un trésor caché, entourés de bougies. Et c'est là que sont nés, au fond, nos premiers conseils des ministres, les premiers « débats gouvernementaux », des discussions dont nous semblions ne pas pouvoir nous passer, comme s'il nous fallait faire vite, nous accorder et nous lier sans attendre, vérifier que nous partagions les mêmes valeurs, le même plan d'action, afin de ne pas rater l'occasion unique de nous engager, de larguer les amarres, de quitter ces berges peuplées de désabusés, de cyniques et de ricaneurs, et de prendre le large, enfin, pour un voyage épique.

Oui, tu as apprivoisé en moi la part sombre qui, des années durant, avait dévoré toute tentative de construction. Nous parlions de tout et de rien, alors qu'au fond les questions que nous nous posions n'étaient pas si anodines : elles balisaient le terrain, planifiaient les domaines de compétence de chacun. Derrière la tendresse, la raison cochait les cases. Nous allions former un couple comme des millions d'autres, une famille certainement, et, pour y parvenir, tu étais déjà animée d'une étonnante passion pour la prévention. Souvent, dans ces discussions, tu cherchais à déminer le futur, tu évoquais les causes de divorce, les pièges à éviter, au détour d'une anecdote. Tu n'avais pas encore de solutions mais ton discernement te permettait de distinguer les choix par défaut que l'époque imposait à nos couples d'amis.

Je vais t'avouer à quel moment j'ai compris cela. À la sortie d'une séance de cinéma où nous étions allés voir un film qui mettait en scène avec humour les adultères successifs d'un couple marié, j'ai remarqué que tu étais très pâle. Tu m'as regardé droit dans les yeux et tu m'as demandé pourquoi tout le monde avait l'air de penser qu'il était impossible de rester fidèle. Tu ne peux pas savoir à quel point ce moment m'a marqué. Les mots que tu as prononcés résumaient tout : « Je veux juste qu'on se batte réellement pour que notre couple dure. On peut tenter ? Non ? »

Tu tremblais un peu en bravant ainsi le destin et les statistiques.

Je n'ai pas su répondre, sur le moment. J'ai pris tes mains, tu te souviens ? Tu éveillais le meilleur en moi. Tu me tendais ta dignité en offrande, c'était sacrément risqué. J'aurais pu faire une pirouette verbale, dédramatiser et, surtout, fuir. J'ai su que je désirais ce marathon et je t'ai dit oui, oui à tout.

En fait, ce jour-là, tu as posé la lutte comme axiome de notre avenir, sans deviner encore qu'elle serait notre arme, ni quelle forme elle prendrait. On pouvait essayer de durer. Je sentais instinctivement que, grâce à ton énergie, j'avais la possibilité de rompre avec le passé, de m'émanciper. Tenter de durer, c'était désuet et grandiose! Tenter de durer pour ne pas être comme nos parents, qui « avaient préféré leurs désirs à leurs enfants », comme tu le disais. Tenter de durer précisément pour nos futurs enfants, pour leur offrir une stabilité. Tenter de durer pour nous aussi, pour que notre amour ne soit pas un hasard mais une construction. Tenter de durer pour écrire une histoire unique, à contre-courant de l'esprit de consommation qui salit toute chose sur terre. Oui, tenter de durer pour être beaux malgré l'imperfection, et pour rester unis malgré les tentations et l'esprit de facilité.

Je me suis dit qu'on avait de la chance de ne pas s'être rencontrés à vingt ans. J'en avais côtoyé, des couples unis, à cet âge. Impossible de leur jeter la pierre, ils s'étaient connus trop tôt, engagés trop tôt, avaient fait des enfants trop tôt. Ils s'étaient séparés mais ils n'y étaient pour rien. Ils avaient été trop amoureux et ils avaient cru que ça suffirait à tenir toute une vie. Ils s'étaient crus en harmonie sans avoir fait leurs gammes. Nous, nous étions prêts.

Bien entendu, tu avais de l'avance sur moi et, derrière ton apparente timidité, tu paraissais posséder une force de caractère capable de résister aux influences de l'époque. Moi, certaines nuits, je peux te le dire, je rêvais encore de mon ancienne vie, de mon aisance financière, de toute cette facilité, puis je me réveillais en sueur, me croyant seul. En te découvrant endormie à côté de moi, je retrouvais peu à peu mon calme. Je sentais que j'étais le maillon faible. Tu avais connu un parcours plus ardu, de là naissaient cette rectitude et ce refus du conformisme que tu me dévoilais peu à peu. Tu aspirais à ne pas reproduire un schéma, à contrôler la situation. Voilà d'où vient notre article 2, de cette volonté de s'organiser. La répartition des tâches en a été la conséquence.

Franck,

Ce matin, lorsque j'ai trouvé l'ordinateur avec un smiley sur un Post-it, j'ai compris que tu étais content de toi. Eh bien, j'ai lu deux fois ton nouveau chapitre, pour tout te dire. J'ai adoré revivre nos débuts, ces instants où tout éclôt sans qu'on s'en rende compte, où tout se met en place l'air de rien, où l'horizon qu'on se fixe et les moyens qu'on se donne pour l'atteindre décident finalement de l'issue.

Notre rencontre. Je me rappelle quand j'ai vu débarquer au service de la rédaction ta mine grise et ton air de chien battu, avec sur le front un panneau « En chantier ». C'est vrai, tu l'as deviné : j'ai tout de suite su ; au premier jour, j'étais décidée à te conquérir – moi, celle que tu jugeais timide et effacée. En fait, j'étais à cent pour cent à la manœuvre. J'ai réussi à me faire affecter aux projets sur lesquels tu étais censé écrire. On ne pouvait pas passer à côté l'un de l'autre : je devais forcer un peu le destin. Intérieurement, je me répétais : « Je vais le sauver. J'aime ça, l'idée de le sauver pour me sauver moi-même, l'idée que ce soit moi qui décide et lui qui suive. »

J'avais compris, dès notre première rencontre, que tu sortais d'une crise profonde. Tu étais ballotté en pleine mer et tu cherchais ton reflet dans des profondeurs opaques. Tu jouais d'un peu trop près au noyé pour que ça ne finisse pas par devenir périlleux. Ce jour-là, je t'ai gentiment harponné et, de toute mon existence, c'était la première fois que je prenais une telle initiative. Un choix sans hésitation. Tu vois, je dis toutes les vérités, même les plus agréables.

Quant à la scène dont tu parles après la séance de cinéma, je ne me la rappelle pas aussi précisément. Pour moi, c'était une discussion parmi toutes celles qui ont dessiné les contours de ce qu'allait devenir notre couple et institué la méthode : Ne pas subir. Agir. Décider. Réagir. Ne faire confiance ni au temps qui passe, ni au monde qui nous entoure. D'eux, nous nous sommes méfiés, à juste titre.

Pour le reste, comment te dire l'émotion ressentie à lire toutes ces gentilles choses quand tu évoques la jeune femme que j'ai été ? Les compliments s'érodent vite dans un couple, alors qu'ils sont indispensables. Ils rassurent contre l'usure du temps. Ce n'est pas un reproche – quoique... –, mais je dois t'avouer que j'en ai manqué, ces vingt dernières années. Les hommes devraient apprendre à mentir autrement que par omission. Quelques mots de temps en temps, cela suffirait – de délicats rayons de soleil sur la fleur pour qu'elle accepte de faner lentement. Nous aurions pu créer un article sur ce point : « Chaque jour, tu feras un compliment à l'autre », mais j'imagine que ces louanges auraient perdu en authenticité !

Pour en revenir à l'article 2, je crois qu'il obéit effectivement au même principe que l'article 1, mais étendu à chaque aspect de la vie quotidienne. Tu fais ou tu te tais ! On aurait pu écrire : « Lorsque l'un s'occupe de quelque chose, l'autre ne dit rien. » Nous avons de la sorte considérablement diminué les occasions de conflit et apaisé les tensions. Tout pour éviter les accrochages sur des sujets sans intérêt, comme le choix d'une table chez Ikea ou le nombre de yaourts à acheter pour la semaine.

La répartition des rôles a d'ailleurs relevé d'une fastidieuse négociation. À toi les Finances, le Budget, en raison de mon aversion pour les chiffres. À moi le ministère de l'Intérieur, que tu m'as vendu en lui octroyant un pouvoir qu'il n'a jamais eu. « Celui qui dirige l'Intérieur décide du quotidien. C'est un pouvoir immense », as-tu déclaré, en bon démagogue.

Dans les faits, ce ministère s'est réduit à la gestion du ménage, des repas et des courses. Par chance, le ministère du Tourisme m'est revenu. J'adorais passer des heures à organiser nos prochaines vacances en Espagne, au Portugal ou en Bretagne sur les sites de tourisme en ligne. Chaque année, j'ai tranché sans que tu puisses donner ton avis. Je peux aujourd'hui t'avouer que, quand j'avais une dent contre toi, je me faisais un plaisir de choisir un voyage ponctué de visites, de balades et d'incessants changements d'hôtels. Les circuits, tu as toujours détesté...

Et puis, je suis assez fière de t'avoir mis sur les bras les Relations extérieures. Gérer les invitations à dîner, les visites de ta mère, celles du plombier ou du médecin de garde, très peu pour moi. Je suis un peu asociale, c'est pour ça que je dessine, tu le sais. Du coup, tu m'as fourgué le ministère du Logement, afin de ne plus jamais mettre les pieds chez Ikea, et j'ai jugé ce choix un peu machiste. À l'inverse, tu as trouvé caricatural de devoir t'occuper du ministère des Transports. « La bagnole pour les mecs, c'est pas sectaire, ça ? »

Bien entendu, nous nous sommes étripés pour le ministère de l'Éducation. Le sujet étant sensible, il y a eu des suspensions et des interruptions de séance. J'ai menacé plusieurs fois de quitter l'hémicycle. Tu as cédé, sous réserve que nous discutions les décisions lors de notre conseil hebdomadaire. Restait à déterminer qui serait le Premier ministre, et il fut admis sans difficulté que ce serait une alternance annuelle. Il n'y aurait pas de présidence.

Une fois les rôles répartis, le fonctionnement était simple : quelle que soit la décision de celui qui était en charge, l'autre l'acceptait, sans recours.

Tous les dimanches, chacun statuait sur son « domaine de compétence » et informait l'autre des points traités. Nous nous sommes rarement opposés sur les options prises. Cette répartition des tâches a allégé notre quotidien. En phase sur les objectifs, il nous suffisait de dérouler les moyens. L'article 2 a été une réussite. Depuis vingt ans, il nous pousse au dialogue, nous oblige à crever les abcès, à lever les difficultés. C'est durant nos points hebdomadaires que beaucoup d'articles pour préserver notre couple ont été inventés. Un succès, sans aucun doute.

Article 3 :
N'avoir aucun devoir envers sa belle-famille.

Anaïs,

Merci ! Ça me fait tellement plaisir, ce que tu écris ! C'est vrai, notre point hebdomadaire nous a obligés à rythmer nos échanges, à rester lucides et à trouver des solutions... Comme l'article 3.

À cette époque, beaucoup de gens demandaient constamment à voir Sarah et Lucie – la famille, Arnaud, d'anciens amis, de vagues connaissances même parfois. Nous n'arrêtions pas de courir. À certains, il m'arrivait d'envoyer des photos de bébés piquées sur Google, et ils me répondaient que la petite me ressemblait ! Tu te souviens ? Nous étions sollicités sur tous les fronts, il était urgent de nous protéger. Le déclic de l'article 3 est venu d'une visite à ma mère à laquelle tu n'as pas assisté, car une gastro que Lucie t'avait transmise te clouait au lit. Bon prince, je me suis dévoué pour accomplir le devoir familial seul. Je suis allé récupérer la Twingo d'Arnaud et j'ai passé quarante minutes coincé dans un embouteillage. Déjà épuisé par l'effort dantesque que nécessite l'installation des sièges auto, j'ai embarqué la marmaille et, en sueur, avec en stéréo deux bébés en pleurs, j'ai décollé sous le cagnard de juillet, direction rue de Turbigo. Je suis parvenu à destination au terme d'une heure de trajet. Le repas a été relativement calme, même si je devais faire manger Sarah et Lucie, les changer et les occuper – ma mère a toujours évité les « corvées » : « Mon petit, j'ai déjà donné avec toi. Être grand-mère, c'est prendre le meilleur sans le pire ! » avait-elle coutume de se justifier.

Au retour, Lucie a vomi dans la voiture et la couche de Sarah a montré les premiers signes de perméabilité. Je t'ai déposé les filles et je suis allé rendre le véhicule. Il m'a fallu une bonne heure pour le nettoyer. Arnaud n'a pas manqué de ricaner : « Quand je pense que tu t'es moqué de moi à la naissance des jumeaux ! Bienvenue à la baille ! Agite tes jambes, respire et tiens bien la tête hors de l'eau, mon ami. Regarde tous ces célibataires qui sourient sur le bateau. Il y a quelques années, on était encore comme eux, au sec. On s'est laissé agripper par des sirènes et nous voilà à la dérive. »

Je suis rentré, maussade. Et je t'ai trouvée fraîche, pimpante, reposée. Ces quelques heures, seule sans les filles, libérée du devoir de rendre visite à ma mère, t'avaient permis de renaître. Tu avais même préparé un dîner d'amoureux et, mieux, j'ai lu dans ton regard le bonheur de retrouver les petites.

Tout m'est apparu clairement. À la fin du dîner, je t'ai demandé qu'on se fasse un petit « conseil des ministres ». J'ai attaqué la séance de manière directe, en te proposant qu'aucun de nous n'ait de devoir vis-à-vis de sa belle-famille. Je crois bien t'avoir convaincue en me moquant de ces couples qui surchargent leur emploi du temps à force de courir de réunion de famille en réunion de famille, et qui angoissent à l'approche des fêtes de Noël ou des anniversaires – avec leur lot de pesantes transhumances familiales. Ça t'a fait rire. Et nous avons créé l'article 3. Dès lors, le samedi, j'irais rendre visite à ma mère avec les filles mais sans toi, et tu ferais de même avec la tienne le lendemain. Aucun devoir envers la famille de l'autre, telle était la nouvelle règle à appliquer.

Tu étais en phase avec moi, et c'était une chance, une chance inouïe. Car comment aurions-nous pu nous mettre d'accord si l'un de nous avait appartenu à une famille *normale* ? Finalement, les souffrances que nous avions ressenties en grandissant dans des familles dites « ouvertes » et « libérées » nous offraient une compensation appréciable : nous ne nous sentions aucun devoir envers elles.

Et même, j'allais plus loin. Je voulais me venger, dicter ma loi. J'aimais l'idée d'imposer une règle à ma mère, de lui montrer que nous décidions sans elle. J'éprouvais également du plaisir à décréter ce principe pour mon père, au cas où il lui viendrait l'envie de se rapprocher de ses petits-enfants. Puisque tu sembles aimer les confidences, je vais t'en livrer une : je t'ai souvent dit que ma mère détestait mon père en raison de ses histoires de fesses. Ce n'est pas tout à fait exact. Leur hostilité reposait avant tout sur une question d'argent, que je préférais passer sous silence pour ne pas ternir l'image que tu te faisais d'elle.

Deux ans après son mariage avec un dénommé Jean-Luc, révolutionnaire d'opinion et fonctionnaire dans les faits, ma mère a divorcé pour épouser mon père. Elle l'avait rencontré lors d'une soirée de bienfaisance qu'il animait pour le compte de la mairie du 11e arrondissement. Elle a ainsi privilégié la sécurité matérielle, acquérant un réseau de relations branchées, une vie mondaine animée, un vaste appartement parisien, le statut d'épouse d'un directeur d'agence de lobbying, dynamique, brillant et « homme de progrès ». Chaque jour, ou presque, elle pouvait se rendre dans les boutiques des créateurs de mode et dépenser sans compter. Tu imagines son plaisir ! Elle s'est remariée, en somme, avec sagesse et par intérêt. Mon père approvisionnait son compte, par amour au début, pour s'acheter du temps libre après ma naissance.

Tu sais que je ne le vois quasiment plus. Ma mère m'a tout de même raconté un peu son histoire : fils unique d'un couple de commerçants économes de Lille, vers l'âge de dix-huit ans il a participé à la révolte de Mai 68, a violemment rejeté sa famille et est parti vivre aux États-Unis. Par chance, une riche veuve du Texas l'a pris sous son aile – et sous ses draps – pour lui apprendre le métier de commercial. Il en est revenu avec la certitude anglo-saxonne que la fin justifie les moyens et qu'il suffit de vouloir pour pouvoir. Charmeur éternellement souriant, il a monté son agence de relations publiques avec un succès foudroyant et s'est constitué un important réseau de personnalités politiques.

Puis il a rencontré ma mère, l'a séduite, et je suis né un an plus tard. J'ai grandi dans l'opulence, mon père enchaînait les contrats, il « réussissait ». Pourtant, au bout de six années de mariage, ma mère a raflé la mise en constituant contre lui un dossier à charge pour adultères répétés. Il lui garde d'ailleurs une rancune tenace pour cette « manœuvre sournoise ». Au terme d'une pénible procédure de divorce, elle est parvenue à lui arracher la moitié de la valeur de sa société, de quoi vivre sans travailler, en somme. Par vengeance, il a disparu de la circulation et c'est ainsi que j'ai perdu mon père. Toi et moi avons ça en commun : nous sommes orphelins de père. Ça doit expliquer notre acharnement à vouloir offrir à nos filles des parents unis.

Pourtant, il y a une différence entre nous. Quand j'ai eu dix-huit ans, le mien a réapparu. En pleine carrière internationale, il s'est rappelé qu'il avait un fils. Il me donnait des rendez-vous tous les trois mois dans une brasserie de l'aéroport Roissy-Charles-de-Gaulle, entre deux vols, pour tenter de nouer une relation, sans doute par curiosité ou par culpabilité. Pendant des années, nous n'avons rien trouvé de mieux à faire que de décrypter ensemble des publicités, leurs promesses et leurs codes graphiques. Mon père était passionné par son travail, à défaut de l'être par son fils. Bien entendu, c'était formateur pour mon futur job, mais trop léger pour créer un lien réel entre nous.

À l'âge de vingt ans, j'ai essayé de réconcilier mes parents, j'ai demandé à ma mère si elle ne pouvait pas lui pardonner ses maîtresses. Elle m'a répondu que ces adultères ne la gênaient pas, qu'ils étaient même la preuve d'un état d'esprit avant-gardiste. C'est surtout parce qu'il était jaloux et qu'il la faisait suivre qu'elle a souhaité divorcer. Je n'ai pas trop aimé. Je lui ai balancé :

— Tu parles ! Tu as divorcé pour le cash, pour jouir sans entrave, non ?

Elle a haussé les sourcils avec dédain et, comme à son habitude, ne s'est pas laissé démonter.

— Le cash, il faut aussi savoir le garder ! m'a-t-elle rétorqué.

Puis elle m'a expliqué que c'est précisément pour garder son argent que mon père se tapait des *escort girls* depuis qu'il avait vendu son agence à un groupe de communication international. Il ne voulait plus se faire plumer et ne vivait que pour lui-même : il aimait dîner dans les meilleurs restaurants, dormir dans de prestigieux hôtels, passer dans la file prioritaire et se sentir un VIP au quotidien. Et il ne voulait pas d'enfant, leur préférant la compagnie des adultes. C'est pour cela qu'il avait décidé de me revoir à ma majorité. Passé l'adolescence, l'éducation devient du « management », comme il le prétend non sans cynisme. Quant à ma mère, elle m'a certainement épargné d'avoir un nouveau beau-père pour préserver son patrimoine, elle aussi.

Sacrée génération ! Tu vois, Anaïs, j'aurais été fou de t'imposer mes parents. Nous avons bien fait de créer l'article 3. Il t'a protégée de ma mère, il m'a préservé de la tienne, ce que je regrette, au fond, car j'ai toujours apprécié sa discrétion. Ça venait de loin, sa manière d'endosser une cape d'invisibilité. Nous en sommes restés, elle et moi, des années durant, à des questions de logistique et à des généralités.

Bien sûr, il nous a fallu inventer des maladies contagieuses, des poussées de fièvre et des problèmes au travail pour annuler nos visites familiales. Ça te gênait un peu au début. Moi, je dois reconnaître qu'à cette période j'éprouvais une forme de plaisir malsain à exclure ma mère de notre vie, à la frustrer alors qu'elle ne rêvait que de prendre ses petites-filles dans ses bras. Je le regrette maintenant, tu t'en doutes.

Pour le reste, toi et moi nous nous sommes donné le droit d'être injustes avec tous les autres. Nous avons menti sans complexe pour nous préserver. Ces petites combines pour nous protéger nous ont rapprochés. Enfin, il me semble !

Mon chéri,

Non, tu as raison cette fois encore ! Ma mère exceptée, c'est vrai que nos parents ont préféré leurs propres désirs à leurs enfants.

Ce que tu m'apprends sur ta mère et son rapport à l'argent ne m'étonne pas du tout ; non pas qu'elle soit vénale, mais elle a toujours été farouchement indépendante, prête à mordre pour préserver sa liberté et se garantir de tout souci financier.

Maintenant, je vais te raconter à quel moment j'ai compris qu'il nous faudrait nous protéger d'elle. Puisque tu veux que notre expérience serve, parlons de notre mariage raté, de ce fiasco, ce non-dit de plus de vingt ans que toi comme moi avons toujours minimisé. Il s'agissait d'un mariage sans enjeu, une simple formalité juridique à la mairie, d'autant que nous étions déjà engagés de la manière la plus définitive qui soit : Sarah grandissait dans mon ventre depuis quatre bons mois. La cérémonie comptait peu. En revanche, elle m'a révélé le potentiel de ta mère…

Je l'avais rencontrée plusieurs fois et tu m'avais prévenue. Tu savais de quoi elle était capable ; tu l'avais vue débarquer à tes soirées d'adolescent habillée en Madonna et s'exhiber sans honte à moitié nue ; tu l'avais entendue vanter les joies de l'adultère à tes petites copines, ou les inonder de ses états d'âme. J'en passe.

On peut comprendre qu'elle n'ait pas apprécié notre projet d'union civile, ce mix entre la robe blanche et l'union libre. Elle me l'avait d'ailleurs répété en tête à tête la veille de notre mariage, histoire de me détendre, j'imagine... Elle aurait voulu une magnifique cérémonie pour que son fils connaisse ce qu'elle-même n'avait pas vécu. Car si elle avait épousé son premier mari à la sauvette, c'est parce que ses parents refusaient de la voir avec un « communiste ». Elle n'avait que ce moyen de leur échapper, m'avait-elle affirmé. C'était quand même quelque chose, à l'époque, sa rébellion contre les forces conservatrices et la bourgeoisie réactionnaire ! Ensuite, son mariage avec ton père avait été discret lui aussi, je ne sais pas trop pourquoi. Bref, elle t'en voulait de notre union en catimini. Si elle avait eu plus de temps, elle aurait organisé une énorme fête avec au moins deux cents invités, quelque chose qui aurait eu de la gueule et qu'elle aurait financé sans une hésitation. Finalement, elle m'a convaincue de la laisser venir avec trois ou quatre amies. Tu as toujours pensé qu'elle avait amené de force à la mairie cette petite escouade fardée comme pour un défilé de mode. En réalité, j'avais dit oui la veille.

Ces copines étaient rentières pour la plupart, grâce à un héritage et ou à un divorce bien mené. Et toutes plus ou moins refaites, contrairement à ta mère qui a toujours refusé de recourir à la chirurgie esthétique. Elle a sûrement tenu à les inviter à notre mariage pour resplendir au milieu d'elles, par contraste. Il faut reconnaître qu'elle les a surpassées, avec sa robe de soirée rouge sang et sa coiffure des années 1950 décalée. Elle captait la lumière et j'ai senti à quel point cela t'irritait.

Au restaurant où nous étions à peine une dizaine, je voyais bien que tu serrais les dents et bouillais de rage. Tu donnais le change en m'embrassant, mais ne crois pas que j'aie été dupe. Moi, je m'en foutais, j'avais Sarah dans le ventre et c'était déjà génial de sentir cette vie en moi. J'ai même éclaté de rire quand ta mère a déclaré à sa voisine qu'elle était très *marquée* – oui, marquée, je me souviens parfaitement de ce mot – et traversée par de véritables angoisses à cause de ses deux mariages ratés. On allait presque tous la plaindre.

En rentrant à la maison, j'ai bien vu que tu étais déprimé, même si tu tentais de le cacher. Tu as passé la nuit à tester toutes sortes d'alcools et moi à me moquer de toi. Tu m'as parlé maladroitement, comme on parle à une femme qu'on cherche à séduire ivre. Tu bredouillais, tu cherchais tes mots, tu m'as fait des déclarations d'amour qui n'avaient ni queue ni tête, tu as hurlé par la fenêtre que nous étions libres et tu t'es écroulé sur le canapé. Je suis certaine que tu ne t'en souviens même pas. Nous étions en décalage total, toi complètement soûl, moi sobre et enceinte. J'ai bien ri. Ça m'a fait du bien. J'en ai oublié ta mère. Mais, le lendemain, s'est imposée en moi la conviction que notre combat de couple serait un combat de l'ombre, clandestin, et qu'il nécessiterait de nous protéger des autres. Deux bébés plus tard, l'article 3 s'imposerait comme une évidence. Intuitivement, nous avons décidé que nos familles ne kidnapperaient pas notre amour. Nous aspirions à partir en équipage réduit, tout simplement.

Voilà, j'ai fini, il est tard, presque 1 heure du matin. J'ai bu un verre de vin, puis deux, et un troisième. Je viens de relire notre récit depuis le début. Finalement, c'est vite fait de résumer trois années : une cinquantaine de pages. Et ça me plaît assez, cet exercice.

Pourtant, quelque chose me tracasse : du jour où nous avons pris le large, avec notre équipage dans mon ventre, nous ne nous sommes plus retournés vers le passé. Et maintenant que tu me demandes de redécouvrir ces années-là, je me rends compte que le jour de notre mariage m'apparaît comme une tache sombre dans le tableau. Il m'est venu une idée : tu pourrais me faire une nouvelle demande en mariage, ça aurait de la classe. Ce serait une célébration autrement plus intime que ce récit, crois-moi. Un rattrapage aussi. Sarah et Lucie, du haut de leurs vingt ans, nous suivraient en robe blanche. Promets-moi qu'on le fera ! Épouse-moi une deuxième fois ! Les médocs et le vin me font écrire n'importe quoi ! Allez, épouse-moi...

Article 4 :
Refuser que l'enfant soit roi.

Anaïs,

J'étais intrigué par la fleur que tu as posée à côté de l'ordinateur, sur le bureau de Sarah. Après avoir lu, je comprends mieux aussi ton sourire au dîner. Au moins, tu assumes ! Alors, un mariage ? Comme un aboutissement ? Je ne dis pas non. Ça ferait du bien à notre famille. Cela nous ferait oublier le premier, que j'ai détesté moi aussi. J'avais effectivement les yeux rivés sur ma mère. Tu imagines comme elle a pu marquer mon enfance. Voilà pourquoi l'article 4 a été si important pour moi.

À l'époque, le fait de devenir père m'a obligé à comprendre quel genre d'éducation j'avais reçue. J'ai jugé avec sévérité le jeune homme qui en était issu, égoïste, hypocrite, compassionnel dans les prises de position et insensible dans les faits, bio au petit déjeuner et alcoolo le soir, avec une culture de façade que ma mère m'inculquait en me traînant à tous ces vernissages où la provocation tentait de pallier l'absence de créativité. J'étais convaincu d'être original, alors que toutes mes pensées étaient convenues.

Avant de te rencontrer, je vivais bien, c'est-à-dire sans compter, centré sur moi-même et mon petit microcosme. On disait de moi que je possédais le même physique arrogant que celui de Romain Duris – un Romain Duris blond aux yeux bleus, plus banal et moins ténébreux. Tu m'aurais détesté, crois-moi. Mon existence tout entière aurait pu stagner dans cet égocentrisme. Mais un accident que je ne t'ai jamais raconté m'a sauvé, un an avant notre rencontre.

Quelques heures avant que cela ne se produise, j'avais débarqué chez ma mère, comme tous les dimanches midi. Elle n'avait pas pu s'empêcher de m'accueillir en nuisette sombre. À cinquante-cinq ans passés, elle continuait à dénuder devant moi des bouts de chair, par habitude et par provocation. Puis elle était allée téléphoner pour commander des sushis. Seul dans le living, je m'étais senti soudain mal, la tête prise dans un étau invisible, l'estomac en vrac, les intestins ravagés par les salves de vodka-pomme qu'Arnaud et moi nous étions infligées toute la nuit. La perspective de manger des sushis me soulevait le cœur.

« Il faut que j'y aille, un imprévu au boulot ! » J'avais pris mon scooter, pressé de rentrer me mettre au lit, si pressé que j'avais roulé comme un fou et brûlé une priorité.

J'ai vécu au ralenti les secondes précédant l'accident, j'ai eu la conscience aiguë que la Clio rouge allait percuter mon scooter, que je ne pouvais rien y changer, c'était inéluctable, les trajectoires étaient préinscrites sur le bitume.

Ma vie n'a pas défilé devant mes yeux et, de toute façon, ça n'aurait pas été très intéressant. En revanche, au moment de l'impact, je me suis retrouvé dans une obscurité totale, un néant glacial, sans son ni image. J'ai su que là, dehors, se jouait mon sort : bientôt, je serais amputé d'une jambe ou d'un bras, prisonnier d'une chaise roulante, devenu un légume ou tout simplement mort. Puis j'ai perçu la voix de ma mère, et cette phrase : « Tu ne manqueras qu'à moi. »

Je me rappelle avoir recouvré la vue une fois allongé sur le dos, par terre, à un mètre du trottoir, entouré de badauds qui m'observaient. Une femme au visage sévère, la cinquantaine, s'est penchée sur moi, inquiète. Je la distinguais dans un halo de lumière, elle m'a posé des questions. Mais je ne comprenais rien, les mots « douleur », « infirmière », « pompiers » me parvenaient sans lien. J'ai tenté de bredouiller que j'allais bien. La femme a approché son visage du mien pour mieux saisir mes paroles. À son mouvement de recul, j'ai perçu son dégoût.

— Mon Dieu, il pue l'alcool, a-t-elle chuchoté à sa voisine.

J'ai plutôt eu l'impression qu'elle hurlait ces mots aux curieux groupés autour de moi.

Ils ont raison ! Je suis vraiment une merde ! D'ailleurs, qu'ai-je réellement vécu ? répétait une voix en moi.

J'ai songé à mes week-ends à Marrakech, mes vacances d'été à Ibiza, mes voyages d'hiver à Courchevel, c'est dire la profondeur de mon existence d'alors... Pourtant, je n'avais eu que ça en tête, ces séjours que je faisais pour le plaisir de me vanter, au bureau, et que j'avais pour principe d'improviser au dernier moment, car « planifier, c'est s'asservir » – une autre des expressions empruntées à ma mère. Ce jour-là, j'ai compris que je possédais mille relations mais aucun ami, hormis peut-être mon collègue Arnaud, avec qui j'écumais les hauts lieux des nuits parisiennes. Une amitié de débauche – c'est sans doute pour cette raison qu'il t'a toujours un peu irritée.

En somme, j'étais seul dans la vie. Pour occuper mon temps, je dépensais des fortunes en écrans plats de dernière génération, en montres de marque et en objets design ou vintage. J'étais beau, brillant, me répétaient ma mère et mon milieu professionnel. Je gagnais plusieurs dizaines de milliers d'euros en vendant du rêve publicitaire. Hélène, la rayonnante directrice de mon agence, m'avait appris à « valoriser un concept », c'est-à-dire à vendre une idée pauvre à un prix indécent. Mais on ne pouvait me reprocher d'être avare. Chaque année, je cramais quasiment tous mes revenus, jusqu'à quatre-vingt-dix mille euros. Garder l'argent était pour moi inconcevable, je le répétais souvent en soirée : « Buvons, les amis ! Profitons ! Ne soyons pas avares, car thésauriser, c'est se mettre à compter, une attitude de petit-bourgeois, le rétrécissement de l'existence, la petitesse sans l'élégance. Voyons grand ! »

Tu imagines ? Empaqueté sur une civière par les pompiers, je n'en menais pas large... Quel genre d'homme étais-je vraiment ? me questionnait ma conscience. Les pleurs de la conductrice au visage ensanglanté, à quelques mètres de moi, qu'un médecin essayait de calmer, m'ont apporté une première réponse. Le désespoir m'a envahi lorsque j'ai croisé le regard du pompier qui venait de me faire souffler dans le ballon. Sur le pavé, j'ai reconnu mon portefeuille ouvert sur une liasse de billets de cent euros, et un passant me l'a tendu avec un mélange de convoitise et de pitié dans le regard.

— C'est le numéro de votre femme ? a demandé le pompier pour m'achever.

— Non, c'est celui de ma mère. Françoise, elle s'appelle Françoise, ai-je répondu.

C'est la honte, ai-je pensé, presque heureux des douleurs qui commençaient à monter dans mes jambes, prémices d'une longue pénitence.

Pourquoi n'étais-je pas sincèrement aimé par une femme ? Devinaient-elles que je n'étais qu'un *fake*, un logo sans contenu, un être creux ? Pendant des années, par caprice, j'avais accumulé les conquêtes grâce à mon statut social, à coups d'événements people ou de restaurants branchés. Je me rappelle ces petites histoires de cul, et même quelques passions superficielles dont j'ai été le héros en Super 8. Mais pourquoi n'étais-je pas encore père ? Pourquoi aucun visage d'enfant n'illuminait-il mes réveils ? D'où me venait ce mépris condescendant envers toute vie de famille ?

Alors j'ai compris : enfant roi, puis adolescent roi, et semi-adulte roi, j'avais fait de mon ego le centre de mon royaume. Pas une seule fois je n'avais sincèrement aimé un autre être humain.

— Ne vous en faites pas, tout va s'arranger, a dit le pompier pour me rassurer.

Non, rien ne pourrait s'arranger. J'abritais désormais en moi une fracture bien plus périlleuse que celle de mon fémur. Je pressentis qu'une phase de mon existence s'était achevée sur un coin de bitume, à quelques mètres d'un scooter en miettes. Tout devait changer.

Je me suis isolé quelques mois, j'ai quitté mon travail à l'agence W Communication, j'ai fait une dépression, puis j'ai accepté de dégringoler l'échelle sociale. Le prix de ma renaissance. J'ai pris un poste de rédacteur de base chez Marmiton. La bouffe comme thérapie, ce n'était pas si bête. Et puis, un salaire divisé par trois, c'était sans doute une bonne façon d'apprendre à limiter mes besoins. Au fond, avoir des gens sains autour de soi, ça se paie.

Mais j'ai eu de la chance, je t'ai rencontrée. Ça a été la dernière étape de ma mutation. Tu n'étais pas bien grande, tu masquais tes formes sous des vêtements amples et sombres, tes cheveux raides et noirs attestaient une probable adolescence gothique. Tu allais me prendre la main jusqu'à la paternité, me rendre adulte, tuer définitivement en moi l'enfant roi.

Et pourtant, le combat n'était pas fini pour autant, il allait se réactiver à la naissance de nos filles. Ma mère a tenté de reproduire le schéma qu'elle avait appliqué à mon éducation. J'ai dû jeter les cadeaux qu'elle apportait à chacune de ses visites. Je lui ai expliqué vingt fois que je souhaitais les réserver aux seules périodes de Noël et d'anniversaire. De rage, je lui ai balancé mes vieilles rancunes, je lui ai reproché d'avoir acheté ses absences pendant mon enfance, d'avoir osé m'ouvrir un compte à la boulangerie, à la librairie et au magasin de jouets pour que je puisse me servir sans payer. Je lui ai jeté au visage qu'en m'habituant à vivre dans un *open bar*, elle avait perverti mon jugement et que je ne la laisserais pas pervertir celui de mes filles. Elle m'a répliqué en souriant que, finalement, je ne m'en étais pas si mal sorti.

Sa réponse m'a perturbé. Les jours suivants, je me suis interrogé. Comment avais-je pu m'en sortir ? Selon mon éducation, j'aurais dû être insolent, fainéant, revendicatif, insatisfait, décérébré. Il y avait un peu de tout ça en moi, mais en mode mineur. Et je dois reconnaître que ma mère avait fait un choix décisif : pour une raison inconnue de moi, elle me refusait la télévision. Et me répondait, si je la réclamais : « Mais, mon chéri, tu préfères vivre ou mourir ? » Je ne comprenais pas sa réponse, je piquais de sombres colères et exprimais régulièrement ma frustration. Cette télévision que tous mes amis avaient en double, voire en triple exemplaire, symbolisait la seule résistance concrète de ma mère à l'étendue de mes désirs. À défaut d'un écran, il me restait ces centaines de romans alignés dans le séjour, récupérés chez l'ancien propriétaire et que mon père avait conservés.

« Ton père prétendait devant ses invités qu'il adorait la littérature. Il avait même appris des citations par cœur pour donner le change, et il s'en vantait. Une bonne trentaine de citations qu'il utilisait tour à tour à chaque dîner. Il s'agissait selon lui d'équilibrer son image de communicant en la lestant d'un fond culturel. Quand on pense qu'il n'a jamais lu que *Les Échos* pour suivre son portefeuille boursier et les magazines people pour mater les seins des stars... »

Moi, j'ai lu. J'ai profité de cette bibliothèque. Et puis, ma mère adorait « faire salon », invitant chaque jour son quarteron de fidèles et quelques nouveaux venus qui « passaient l'oral » dans des échanges passionnés sur les dernières innovations cosmétiques, les tendances de la mode, le prix de l'ameublement. Ma mère en Madame de Staël du futile. À fortes doses de thé, puis de champagne à partir de 18 heures, elles s'échauffaient, durant trois à quatre heures, et j'étais le seul représentant du sexe masculin admis. On me caressait les cheveux, on me pelotait les fesses, on me gavait de bonbons. Il s'agissait d'avoir de l'esprit, de la repartie, de faire de bons mots. À force de laisser traîner mes oreilles dans le salon de ma mère, j'ai appris à séduire, à briller, à embobiner...

L'enfant roi allait pouvoir devenir un publicitaire et vivre pour lui-même.

Voilà précisément ce que je voulais éviter à nos filles. Non, jamais nos filles ne seraient des enfants rois.

Franck,

Je commence à m'habituer à notre jeu. C'est amusant, le rythme que cela donne à notre vie. Quand on se croise durant la journée, on a des regards de connivence, c'est agréable. Tu me jettes un coup d'œil moqueur, parfois mystérieux, comme si tu te préparais à me révéler un scoop. Pendant que tu écris, je tente d'imaginer ce que tu racontes et j'attends avec impatience que tu déposes le portable dans ma chambre pour découvrir la suite de notre histoire. Puis je le laisse à mon tour sur le bureau de Sarah. Tu as l'avantage de commencer, moi celui de m'appuyer sur ton texte quand je prends la main la semaine suivante.

C'est un peu narcissique, bien sûr. Lorsque j'écris, je découvre la même sérénité que lorsque je dessine : j'ai l'impression de stopper l'écoulement du temps, de contrôler mon destin en le figeant avec des mots. Et puis, assise sur le lit, l'ordinateur sur les genoux, dans le silence de la matinée ou de la nuit, j'ai le sentiment d'être totalement isolée, comme si personne ne devait jamais lire mes phrases.

Je m'illusionne sans doute sur la confidentialité de notre échange, qui disparaîtrait si nous décidions de le rendre public. Arnaud ne te pousse-t-il pas à en faire un blog ? Crois-moi, il te faudra mon accord ! Car je commence à comprendre qu'il y a un malentendu dans l'écriture : on la suppose intime alors qu'elle n'est qu'exhibition. On se met à poil sans oser se l'avouer. Il faudra bien réfléchir avant de publier ce texte, même anonymement. À cette seule idée, j'ai envie de supprimer ce paragraphe. Tiens, d'ailleurs, je viens d'effacer quelques lignes trop précises sur moi. Je ne veux pas tout dévoiler trop vite...

Pour en revenir à ce que tu as écrit, j'étais au courant pour ton accident, depuis longtemps. Ta mère m'en avait parlé comme d'un drame absolu qui t'avait rendu fou au point de te faire abandonner une existence merveilleuse. Je me rappelle même qu'elle m'a lâché : « C'est insensé de vouloir devenir pauvre quand on a tout ! »

Cette phrase, je me suis bien gardée de te la répéter, compte tenu des tensions qui existaient entre vous. Au fond, je crois que toi comme moi, nous avons su conserver certaines choses secrètes durant ces vingt dernières années. Une évidence probablement pour ne pas polluer le présent avec le passé. Nous avons bien fait.

Nous avons agi ainsi sans inscrire cette règle dans notre Constitution, elle aurait pourtant pu y figurer. Les omissions ne sont pas inutiles dans un couple mais, au stade où nous en sommes, nous pouvons les lever une à une. Certes, tes souvenirs d'enfance ont été à la source de notre refus de « l'enfant roi » ; cependant, je dois te rappeler, en gardienne de la vérité, que, dans les faits, cet article est apparu après l'« épisode de la fessée ». Un épisode que tu ignores totalement car, ce jour-là, tu accompagnais ta mère à son check-up annuel dans une clinique du 16e arrondissement. Tu n'as jamais su le drame qui s'était joué pour Lucie à proximité de la place Marcel-Sembat un samedi.

Il pleuvait, les familles s'entassaient dans le hall étroit du restaurant en attendant qu'on les place. Lucie pleurnichait dans la double poussette ; Sarah, épuisée par une nuit trop courte, dormait et moi, je regrettais déjà cette virée au restaurant que j'avais tentée pour me changer les idées. Pourtant, une jeune hôtesse d'accueil nous a offert quelques chips avec un sourire de commande. Comme Lucie continuait à pleurer, j'ai surpris les regards exaspérés des clients. La tension montait. Heureusement, avec la tétine, elle s'est calmée.

Nous nous sommes bientôt installés, famille contre famille, dans le brouhaha. C'est lorsque les plats sont arrivés que les choses ont dégénéré. Lucie a refusé sa purée. Le ton est monté et la gamine a joué le tout pour le tout. Elle s'est mise à se tordre sur sa chaise haute en criant, sous le regard attentif de sa sœur. Sarah avait déjà fait une fois ce genre de cinéma dans la rue en ta présence, tu te souviens ? Elle à terre, gigotant et hurlant. Tu n'avais pas été brillant ce jour-là – un gros et inutile point d'interrogation sur pattes. Je souris en y repensant. Sur un ton diplomatique, tu avais tenté de la raisonner, tu lui avais parlé doucement, tu l'avais suppliée, tu t'étais aplati comme l'époque le voulait, grimaçant pour la faire rire, lui promettant un jouet, puis deux, puis trois. Tu avais récolté à la fois la guerre et la honte. Sarah avait hurlé de plus belle, convaincue désormais de son pouvoir puisqu'elle avait réussi à discréditer ton autorité. Toi, tu ne savais plus où te mettre, tu t'étais rapetissé. Tu te souciais trop du regard des passants, et tu voulais te faire aimer au point de ne même plus assumer ton devoir. J'avais dû hausser le ton pour nous sortir de là. Je crois bien que, ce jour-là, j'avais méprisé ta lâcheté, autant te le dire.

Alors, cette fois, en entendant Lucie hurler en plein restaurant, je me suis dit que je n'allais pas me laisser faire. J'ai regardé la petite avec sévérité. Les gens alentour ont cessé de respirer, des parents ont observé avec nervosité le dénouement de cette tentative de putsch. Il y avait, dans les yeux ironiques de certains, la certitude que j'allais rejoindre la cohorte des dominés.

J'ai effectué une première mise en garde, puis une seconde, et je suis passée à la menace. J'ai compris que tous souhaitaient que je prenne ma fille dans mes bras pour la sortir de là *manu militari*. Le conflit devait se régler en coulisse, par des compromissions ou de lâches arrangements. Mais je ne bougeais pas. Lucie continuait à se tortiller comme un ver en criant ; les serveurs m'observaient, atterrés, et les clients me lançaient des regards lourds de réprobation muette. Et puisque nous nous disons tout, je peux t'assurer qu'à cet instant j'ai ressenti le vide abyssal qui m'emplissait, enfant, lorsque j'errais, solitaire, dans le vaste appartement de mon trader de père. J'avais été abandonnée petite par un père affamé de jouissance et une mère sous l'emprise totale de cet homme. Gâtée, gavée, j'avais été à la dérive. Alors, tu vois, une fessée, j'en avais rêvé comme d'une marque d'attention, un geste d'affection, une preuve d'amour. J'avais jalousé mes copines de classe qui ne comprenaient pas mon attitude et ne pouvaient pas saisir l'austérité de ma solitude. Pour ne pas sombrer, je m'étais isolée dans le dessin ; j'avais gagné en silence des mondes imaginaires, je m'étais inventé une harmonie en coloriant de larges feuilles des heures durant, des dessins que je jetais systématiquement au fur et à mesure que je les achevais. Oui, une fessée, j'en avais rêvé.

Je n'ai pas hésité. J'ai attrapé vivement Lucie et je l'ai posée à l'horizontale sur mes genoux. La petite s'est figée, comme consciente de l'imminence d'une catastrophe. Toute la salle s'est immobilisée, par voyeurisme et par défi. Allais-je oser ? Dans un silence absolu, j'ai administré la fessée sans trembler.

J'ai même décompté à haute voix les cinq coups. Lucie, à la première claque, a hurlé comme si on l'égorgeait. À la troisième, les cris ont cessé, emportés par le flot de ses larmes.

Puis je l'ai posée sur son siège et lui ai intimé l'ordre de manger sa purée. Elle a hoqueté, reniflant bruyamment, et a saisi sa cuillère. J'ai attendu qu'elle ait fini son assiette pour lui dire suffisamment fort, afin que tous entendent :

— Tu as compris, Lucie, pourquoi tu as été punie ?

Elle a acquiescé. Je l'ai embrassée.

— On fait la paix ?

Elle a souri. Je l'ai serrée dans mes bras.

— Ceux qui t'aiment sauront te dire non.

Elle m'a regardée avec complicité. Je lui ai souri.

Chacun a replongé le nez dans son assiette et les enfants autour de nous se sont montrés subitement obéissants, par effet de contagion.

C'est la seule fessée que j'ai jamais administrée à Lucie. Elle a suffi à rendre mes menaces crédibles par la suite. Mais ce jour-là, rien n'a été simple pour moi. En réalité, j'avais une furieuse envie de pleurer. Où étais-tu à cet instant ? Pourquoi fallait-il que je sois seule pour affronter ce défi ? Et que croyaient-ils tous ? Que derrière mon apparente détermination, il n'y avait pas une douleur intense de devoir punir ainsi mon enfant ? Mais il fallait bien lui apprendre à contrôler ses désirs ! Il fallait la frustrer. Il était pourtant tentant de laisser couler, de céder, de reporter la sanction ou, pire, d'engager de laborieuses négociations pour éviter d'imposer mon autorité.

J'ai demandé l'addition très vite. Les autres clients évitaient mon regard. Je me suis sentie seule, si tu veux savoir, et peu à peu je me suis laissé envahir par la culpabilité. Peut-être avais-je été excessive ? Peut-être aurais-je dû me montrer moins sévère, m'arrêter à deux claques sur les fesses ? N'était-ce pas mon orgueil qui m'avait poussée à ne pas céder ?

Nous sommes rapidement sorties, et l'hôtesse s'est montrée particulièrement serviable pour m'aider avec la poussette double. Sur le pas de la porte, elle m'a dit :

— Vous savez, j'en ai trois à la maison, et sans leur papa. Alors, je comprends ! Quand on est fatiguée, on finit par craquer.

Je n'ai pas répondu. J'ai senti la révolte chasser en moi la culpabilité. Non, je n'avais pas craqué. C'étaient les autres qui avaient craqué depuis des décennies, tous ceux qui n'osaient plus encadrer leur progéniture, qui avaient démissionné. Nous sommes rentrées tranquillement, moi, toute fière au bout du compte.

Au cours des années suivantes, je me suis toujours réjouie d'avoir été rigide les premiers temps, car les réglages initiaux pèsent énormément sur la suite d'une éducation. Je te remercie aussi de m'avoir laissée faire même si, parfois, tu as cédé à la tentation du compromis pour acheter un peu de confort, de silence ou de tranquillité.

Ce soir-là, je ne t'ai rien raconté, sans doute parce que ma conscience était titillée par la honte. Je n'étais pas sûre de ton aval. Mais une fois les filles endormies, je me rappelle t'avoir parlé :

— Tout nous montre que le laisser-aller est la pire des solutions, tu ne crois pas ? On sent bien que nos filles sont en pleine période de refus. Elles testent notre autorité. On ne doit pas les laisser prendre le pouvoir. Pour leur bien. Tu n'es pas d'accord ?

Tu n'as pas trop compris pour quelle raison je parlais de ça. Pourtant, j'avais besoin d'être soutenue et absoute, en quelque sorte. Ton instinct t'a donné la solution, et sans doute l'article 4 était-il déjà décidé en toi. Tu t'es levé, tu as pris une feuille de papier et écrit quelques lignes. Puis tu l'as scotchée sur le frigidaire avec la gravité d'un huissier de l'Assemblée nationale.

Article 1 : Ne jamais critiquer lorsque l'autre s'occupe du bébé.
Article 2 : S'organiser pour se répartir les tâches.
Article 3 : N'avoir aucun devoir envers la belle-famille.
Article 4 : Refuser que l'enfant soit roi.

Puis tu m'as dit :

— Tu vois, Anaïs, on a déjà bien avancé, non ? On est en train d'écrire nos règles de vie.

En découvrant ainsi les quatre articles proclamés, je me suis sentie envahie d'une confiance vivifiante en l'avenir. Mais il manquait quelque chose. En un instant, j'ai compris. Je me suis levée, j'ai pris un feutre et j'ai dessiné au-dessus des articles un nuage orange avec deux yeux et un sourire colorié de bleu, et j'ai arrimé ce nuage aux bords de la feuille par trois épais traits noirs. Et j'ai ajouté le titre :

La Constitution

Le lendemain matin, en prenant mon café face à cette curieuse profession de foi, j'ai compris que quelque chose venait de s'introduire puissamment dans nos vies. Était-ce une Constitution du couple ? une Constitution de la famille ? Sans doute les deux, indissociables. Notre couple avait dépassé la déclaration d'intention, notre volonté s'était traduite dans le réel. Au restaurant, j'avais personnellement passé un cap, j'avais osé assumer publiquement mes choix. Et toi, ce soir-là, en énonçant nos premiers articles, tu concrétisais notre engagement. Écrire ces phrases modifiait tout. Pour nous maintenir sur les rails envers et contre tous, les règles affichées sur le frigidaire se rappelleraient à nous chaque matin.

Notre résistance était née. Elle existait car nous l'avions nommée.

Oui, ce jour-là, j'étais optimiste – trop optimiste. Car nos articles focalisaient nos efforts sur la gestion du quotidien, l'organisation de la logistique familiale visant à rendre indolores les frictions et à aplanir les tensions. C'était nécessaire, mais qu'en était-il de *nous* ?

L'essentiel – nos sentiments réciproques, notre vie sexuelle que tu n'évoques pas, sans doute parce qu'il n'y a pas grand-chose à en dire –, tu le passes sous silence exactement comme nous nous le masquions à nous-mêmes alors. En réalité, notre couple avait été enseveli par deux naissances successives. Que pouvait notre belle Constitution contre cette érosion irrépressible ?

Les semaines suivantes, je n'ai pas voulu écouter les mises en garde que ta mère me faisait dès que tu avais le dos tourné : « Eh bien, Anaïs, ce que vous êtes drôles ! Vous croyez quoi ? Qu'on peut sauver un couple avec des mots ? Une Constitution ! Et pourquoi pas la bible du couple avec les dix commandements, tant que vous y êtes ? Dans un couple, ça finit toujours en apocalypse, avec pleurs et hurlements, avocats et juge, ressentiments et dégoûts. Alors ne vous endormez pas ! C'est l'amour et le désir qu'il faut inscrire dans vos vies, pas des devoirs. »

Pourtant, notre Constitution commençait à fonctionner à plein régime, la règle de non-ingérence nous délivrait de bien des conflits, notre gouvernement faisait preuve d'une efficacité maximale. Mais ta mère avait raison : tout ne peut pas s'instituer et certainement pas l'attention portée à l'autre. La volonté de construire ne suffit pas. Il nous a manqué peut-être un peu de cette lucidité-là pour éviter les erreurs que nous avons faites. Car des erreurs, nous en avons accumulé ! Je sais que tu ne vas pas aimer ce qui suit, mais il faut bien que je combatte ta nature de publicitaire. Ce récit n'est pas un spot en faveur du mariage ou de l'union longue durée sans embûche. Je te l'ai dit, nous ne devons pas travestir la réalité, ni masquer nos errances, nos déceptions, nos ratés.

C'est précisément l'efficacité de nos articles qui nous a peu à peu éloignés l'un de l'autre. Lorsque Sarah a atteint six ans et Lucie cinq, nos « points hebdomadaires » se sont étrangement espacés. Tu t'es mis à sécher nos réunions, sans même un mot d'excuse. Tu t'en souviens ? Tu reportais, arguant que tout fonctionnait, tu m'évitais, tu évitais même tes filles. « Ça marche bien. Pourquoi veux-tu créer des problèmes ? »

En réalité, je sais bien qu'il s'est passé autre chose. La sixième année de notre mariage, tu as ajouté à ton travail des piges en free-lance pour ton ancienne agence afin d'arrondir nos fins de mois. Tu t'es éloigné des soirées entières. Et qu'est-il arrivé pour qu'une nuit tu débarques, le visage en sang, prétextant avoir fait une chute dans la rue ? Tu penses vraiment que je t'ai cru ? Raconte-moi ce qui s'est réellement passé à cette période, raconte-moi ce qui t'a perturbé, ce qui t'a changé aussi.

Il y a prescription, crois-moi. Je te pardonne tout d'avance.

Article 5 :
Ne pas tout se dire.

Anaïs,

Je ne te comprends plus. Au début, tu hésitais à entamer ce récit pour éviter tout déballage, et voilà que tu me demandes de te décrire mes états d'âme ? Tu veux qu'on se dise tout ? Eh bien, on peut dire que l'article 5 tombe à pic ! À moins que ta dernière intervention ne vise à le dynamiter, à m'indiquer qu'il n'a désormais plus lieu d'être. Pourtant, jamais il n'a été aussi nécessaire. Je dois t'ouvrir les yeux : notre exercice prend une direction périlleuse, précisément parce que tu prétends t'affranchir de cet article de notre Constitution.

Les filles ne sont pas dupes. Avant de repartir dimanche soir, Sarah m'a demandé ce qu'on fabriquait avec l'ordinateur qui passe de ta chambre à la sienne avant de faire le trajet inverse. Lucie lui a parlé de nos mines de conspirateurs il y a trois semaines, qui sont à présent fermées, presque suspicieuses.

— Qu'est-ce que vous manigancez, tous les deux ? Vous nous pondez une autre Constitution pour régenter les vingt prochaines années ? Oubliez tout de suite cette idée ! Ou bien ça a un rapport avec la maladie de maman ? m'a interrogé Sarah avant de partir.

Je lui ai répondu qu'elle ne devait pas s'inquiéter, qu'on essayait seulement de raconter notre histoire. Elle m'a tout de suite demandé à la lire. J'ai dit qu'on verrait, que ce n'était pas prêt. En réalité, désormais je suis contre. Elles sont trop jeunes, on ne va pas les mêler à ça !

— Si j'étais vous, je ferais un gros tableau Excel, a-t-elle suggéré. Pour chaque article, trois points positifs et trois points négatifs, et une note d'efficacité. Si l'opinion des cobayes vous intéresse, Lucie et moi, on veut bien vous donner notre avis !

Ma petite Sarah, rationnelle comme toujours, et plus encore quand il s'agit de cacher ses émotions ! Tu as remarqué comme elle nous parle exclusivement des professeurs de son école d'ingénieur et du contenu de ses cours ? Rien sur ce qu'elle ressent, rien sur toi. Elle applique l'article 5 sans le savoir.

Ça a sans doute été l'un des plus importants de notre vie de couple. Voilà pourquoi je l'évoque à présent.

Toi et moi avons constaté ce qu'il advient de ceux qui se disent tout au nom d'une transparence absolue, sous le prétexte d'un romantisme de cabaret. Ces couples explosent en vol. Alors, pourquoi veux-tu remuer ces souvenirs-là ? Et que veux-tu que je te réponde ? Que durant cette période, après six ans d'union, j'étais fatigué par nos premières années de combat ? Comme tu as dû l'être aussi parfois, j'étais traversé par des doutes. Il ne faut pas oublier celui que j'avais été avant de te connaître. Jusqu'à notre rencontre, je n'avais cru en rien de sérieux ou de grave, j'avais ri de tout ; je côtoyais des dizaines de clones qui affichaient des convictions altruistes, protégés du monde par les remparts du périphérique parisien. Sous le regard admiratif de ma mère, j'avais profité des richesses de la mondialisation quand, en province, les usines s'effondraient en ensevelissant la classe ouvrière, et ça ne m'empêchait pas de donner des leçons à l'univers entier. Profiter de la vie, telle avait été la loi transmise par ma mère shootée au temps libre, héritière de tous les droits, jamais de devoirs. Une petite voix intérieure me répétait chaque matin que mon existence avait été une gigantesque cuite. Et même une fois père, il demeurait en moi quelque chose de cet être-là, un noyau de cynisme, un trou noir narcissique.

Je l'avoue, malgré notre rencontre, malgré nos deux filles, les dangereuses tentations de l'égoïste que j'avais cru museler après mon accident s'agitaient en moi. Et lorsque mon ami Arnaud m'invitait à déjeuner une fois par semaine et que je me retrouvais dans un restaurant branché parisien, entouré de jolies femmes et de cadres qui semblaient tenir le monde dans le creux de la main, je peux te dire que je ressentais physiquement le manque de ne plus faire partie de cette famille-là. Je savais que j'aurais pu récupérer ce costume en quelques semaines. Parfois, au deuxième verre de vin, il me prenait l'envie de boire la bouteille entière et de crier : « Allez, on oublie tout et on recommence comme avant ! » L'instant d'après, je méprisais ces pensées-là.

Arnaud me relançait :

— Tu pourrais faire un peu de free-lance pour l'agence. Ce serait bien payé.

— Je ne sais pas trop. Revenir dans le milieu... Maintenant, j'ai une famille, je veux m'en occuper et je peux restreindre mon niveau de vie. Ce n'est pas si compliqué.

— Il y a des nouvelles stagiaires...

— Je te laisse ces plans-là, à présent.

— Tu parles ! Je ne peux plus rien faire maintenant au bureau, c'est trop dangereux, ma comptable adorée m'a à l'œil et audite mon emploi du temps chaque soir. Depuis qu'elle a accouché, je suis sous haute surveillance.

Arnaud finissait par m'avouer qu'il en avait marre de sa compagne, que la maman était moins drôle que la maîtresse. Et puis, entre la pension alimentaire pour les jumeaux nés de son premier mariage et ce nouveau bébé, il devait cravacher pour « entretenir son cheptel ». Ensuite, il ironisait sur mon « retrait », il n'y croyait pas, soupçonnait une manœuvre.

— Tu crois que je n'ai pas saisi ? Je me doute bien que tu joues un jeu, celui du publicitaire doué qui rentrera au bercail après s'être frotté à un autre monde. Une sorte de cure, un sevrage pour revenir plein d'idées après avoir testé la frugalité d'une vie petite-bourgeoise bien rangée. Tout ça pour décrocher un meilleur poste... Et pourquoi pas bras droit d'Hélène ? Oui, à la droite de Terminator, voilà l'objectif. Tu reviendras, c'est sûr, c'est inscrit en toi.

Je niais. En réalité, j'étais plus partagé que je n'en avais l'air.

Pendant quelques mois, j'ai hésité. L'argent nous manquait et j'ai accepté quelques missions en free-lance, réticent, il est vrai, à replonger dans un emploi à temps complet à l'agence, à redevenir celui que j'avais été avant de te connaître. Je ne suis pas persuadé que tu aurais été contente de ce changement. J'ai vaincu la tentation, seul. Que nous auraient apporté mes doutes si je les avais partagés avec toi à l'époque ? N'avions-nous pas assez de combats à mener ? Alors que tu étais déjà épuisée, quel intérêt y aurait-il eu à évoquer ma lutte contre les forces qui m'attiraient vers mon ancienne vie ?

Encore un bel exemple qui montre qu'il ne faut pas tout se dire dans un couple. L'article 5 nous a protégés et nous a évité des frictions inutiles, des dissensions internes. C'est ma conviction.

Mon chéri,

Voilà que tu invites Sarah et Lucie dans notre récit ! Quelle délicate manœuvre pour me contraindre à la décence ! Tu crois vraiment qu'au stade où j'en suis, je vais craindre de révéler aux filles que tout n'a pas été si facile ? Elles sont en âge de le comprendre. Et puisque tu as brisé un tabou, j'ai demandé à Lucie ce qu'elle pensait de notre volonté d'écrire sur la Constitution. « Le plus simple, ce serait de faire un dessin pour chaque article », m'a-t-elle répondu avec esprit.

Ça m'a fait sourire. Ça ne m'étonne pas d'elle. Lucie, notre petite littéraire ! Depuis qu'elle m'aide pour les tâches ménagères, nous nous sommes rapprochées, nous nous comprenons sans avoir besoin de mots. Mais je dois avouer que sa sensibilité m'inquiète un peu. La force tranquille et la rationalité de Sarah me manquent. Le monde est plus simple à travers ses yeux : rangé, lisible, contrôlable. Le son de sa voix suffit à m'apaiser. Ma maladie, j'en suis bien consciente, les angoisse toutes les deux.

Finalement, c'est lorsque la vie de famille est menacée qu'on en mesure l'étonnante fragilité. Aussi peut-être est-ce le moment de passer une étape, de les aider à grandir, de leur confier nos faiblesses. Les parents... ni dieux, ni invulnérables, ni immortels, à l'évidence. Bref, oser la vérité, tout se dire.

Et tu passes opportunément de l'article 4 à l'article 5... Tu me donnes en lot de consolation la liste de tes états d'âme d'ancien bobo qui aurait été tenté, pendant six mois, par les mirages de son ancienne vie ? Tu parles d'un scoop ! Une sacrée tentative de diversion ! Tu crois que je vais avaler ça ?

La réalité, c'est que, vu notre âge et l'honnêteté intellectuelle requise pour notre témoignage, l'article 5 ne doit plus s'appliquer. Ne te trompe pas, si on publie ce texte, des questions précises, intimes, personnelles te parviendront. Quel que soit le niveau d'anonymat, il faudra y répondre. Nous saurons alors tout de ce qu'a vécu et ressenti l'autre. Les filles aussi d'ailleurs, car impossible de garder un secret de cette taille sans que ce soit une trahison. Voilà pourquoi il y a urgence à tout se dire tant que nous contrôlons la situation. C'est peut-être précisément la dernière épreuve de notre couple : la confession ultime. Laisser la vérité déferler et voir si nous tenons encore debout.

Je te le répète, je *sais* qu'il s'est passé quelque chose. J'ai tout ressenti pendant ces mois que tu refuses d'évoquer. Même dans le silence, le corps nous trahit, et l'autre perçoit les choses intuitivement. Ton attitude étrange, tes regards fuyants, tes absences... Lorsque tu étais là, tu semblais « ailleurs », alors que nos filles quémandaient un peu d'attention. Et puis, je t'ai aussi surpris dans la salle de bains, à plusieurs reprises. Mais de cela nous reparlerons. De tout ça est né une nuit un affreux cauchemar dont je me suis réveillée en hurlant littéralement, avant de sombrer dans un demi-sommeil. J'ai senti que tu quittais le lit. J'ai vaguement compris que tu t'étais réfugié au salon en attendant l'aube pour t'échapper à 6 heures du matin.

Maintenant, je vais te raconter quel était ce cauchemar que je traîne depuis des années.

Je m'en souviens parfaitement : au début, je naviguais dans un tableau auréolé de couleurs bleues et de formes volées aux dessins que nos deux filles collaient sur le frigidaire. Je me suis vue les ramener de l'école, les faire dîner, les déshabiller, les mettre en pyjama, puis les coucher, les embrasser. Sarah et Lucie étaient heureuses et je me réjouissais de leur offrir tout ce dont j'avais moi-même été privée.

Mais cette pensée a subitement tout assombri. J'ai été transportée dans le lieu de mon enfance. Je me suis retrouvée debout, en pyjama, à l'entrée du vaste salon de notre appartement haussmannien. Mille fois dans mon enfance, les soirs de fête, j'ai hésité à aller voir ce qui se passait, lorsque des cris parvenaient jusque dans ma chambre. Je n'arrivais pas à faire le lien entre ces personnes gentilles, attentionnées, ces adultes auxquels mon père m'avait présentée en début de soirée, et ces sons sauvages dont je t'ai déjà parlé qui, à partir de minuit, m'empêchaient de dormir ou me réveillaient. Jamais je n'ai osé sauter le pas. Et j'ai toujours refusé que ma mère m'en parle. Mais cette nuit-là, dans mon rêve, j'ai traversé le couloir et franchi la porte. Une odeur de tabac, de sueur et de sucs corporels m'a immédiatement saisie à la gorge. J'ai voulu fermer les yeux mais je n'y suis pas parvenue. Rien ne pouvait me protéger du spectacle de cette dizaine de corps à demi nus, par terre, certains emboîtés en couple, d'autres solitaires, échoués dans l'aube. Ça sentait mauvais. Ma mère gisait seule sur le tapis, en position fœtale, tenant un coussin contre son bas-ventre. Elle ressemblait à une enfant, elle m'émouvait, elle n'était pas à sa place. Puis, attirée par un râle, j'ai tourné la tête et celui que mon rêve désignait comme mon père tenait dans ses bras une jeune femme.

À ma gauche, un couple bougeait. Je ne voyais que son visage à elle – le masque d'une âme avide. Cette amazone au physique nordique serrait avec force ses jambes autour des hanches de l'homme dont je ne voyais que le dos et qui s'agitait en elle. Elle me souriait, condescendante, et me désignait un tatouage sur l'épaule de l'homme. Je l'ai reconnu, bien sûr, ce poignard qui pénétrait un crâne était le tien. À cet instant, j'ai crié d'horreur et je me suis éveillée.

Le lendemain, j'ai tenté de dessiner ce rêve, de le coucher sur le papier pour ne plus souffrir, pour voir enfin cette blonde, découvrir un indice. J'ai recommencé cent fois, j'ai rempli un sac-poubelle avec ces feuilles Canson griffonnées, afin que tu ne les voies pas et que tu ne te doutes de rien.

Voilà pourquoi tu dois tout me raconter. Qui était cette femme ? Que s'était-il passé ?

Article 6 :
Résister aux tentations.

Anaïs,

Cette semaine a été affreuse. Tu me détestes parce que je ne te réponds pas. Voilà le résultat de ce besoin irrépressible de savoir.

Lucie n'aime pas cette ambiance. Hier soir, quand elle nous a interpellés en nous demandant pourquoi nous ne nous parlions plus depuis quelques jours, tu n'as pas pu t'empêcher de la prendre à témoin.

– Lucie, ton père est comme tous les hommes, il ment par omission.

« Et s'il n'y avait rien à gagner à ce jeu ? » Voilà ce que j'ai failli répondre, mais j'ai bien vu que tu étais épuisée. Tu me provoquais. J'ai quitté la pièce.

Je te pardonne cette agressivité à mon égard. La maladie te donne des privilèges. Je regrette ce projet de récit qui ajoute à nos malheurs celui de la division et qui attriste notre fille. Comment en est-on arrivés là ? Je ne sais pas. Ce que je sais, c'est que nous risquons de chavirer à cause de cette transparence que tu exiges. Mais puisque c'est ton souhait, je vais te dire qui est la femme de ton rêve. Je ne veux plus de scène, plus de crise, pas en ce moment. Lucie a besoin que nous soyons unis. Et toi, tu as besoin de sérénité.

Puisque tu veux le savoir, je peux te raconter que, pendant ces six mois, j'ai navigué en eaux dangereuses. Le monde extérieur m'incitait à convoiter un meilleur salaire, une position sociale supérieure, à retrouver l'éclat même illusoire des années fastes. Exister « au carré » m'apparaissait de nouveau comme la seule option.

Désormais rangé des voitures, j'étais grignoté par le poison de la frustration. La voix des regrets et celle d'Arnaud me murmuraient que mon quotidien frisait la médiocrité. Mes horaires à rallonge masquaient difficilement l'absence de toute forme réelle d'ambition et d'élévation. Je n'étais plus – me disais-je – qu'un mouton qui broutait comme des millions d'autres, il n'y avait aucune grandeur dans mon renoncement et mon acceptation d'une vie sans éclat. Je t'en voulais aussi d'assumer avec facilité cette existence banale.

En parallèle, un autre ennemi pernicieux m'éloignait de toi en transformant notre foyer en PME : courses, activités, rendez-vous chez le médecin, affaires à ranger, bobos à soigner, la *to-do list* se renouvelait chaque matin, sans relâche. Le principe de non-ingérence volait en éclats, les articles 1 et 2 étaient souvent bafoués. Notre couple perdait du terrain à chacun des petits combats du quotidien, au sujet des fruits que j'avais achetés en trop grande quantité selon toi et qui allaient pourrir, ou des habits de marque pour les filles que je jugeais hors de prix et que tu défendais pour leur qualité. J'enrageais aussi à cause de cette obligation croissante de faire les comptes, de calculer, d'anticiper. Nous étions vulnérables à la moindre panne de machine à laver, une dépense imprévue, des vacances mal préparées. Je détestais cette dépendance financière à laquelle ma mère ne m'avait pas habitué. Sans argent, pas de nounou, pas d'aide, pas de soutien.

En réaction, j'ai fini par multiplier les missions en freelance chez W Communication, comme me l'avait conseillé

Arnaud. Tu étais trop épuisée pour résister à ce retour à mon ancienne vie. En même temps, sans me l'avouer, je fuyais le poids des devoirs familiaux. J'ai voulu vivre autre chose, retrouver de l'insouciance. Et pour assumer ce virage, je me suis enfermé dans le mutisme.

Je me vengeais de l'impuissance des articles de notre Constitution en les recouvrant de Post-it semaine après semaine. Je leur en voulais de ne pas nous procurer plus de légèreté et d'être inaptes à combler le fossé qui se creusait entre nous. Car même si Sarah et Lucie avaient gagné en autonomie, notre couple comatait quelque part au fond d'un cagibi, asphyxié à côté des cartons contenant les jouets de bébé, les tétines et les deux « Sophie la girafe ».

Bien entendu, nous ne faisions plus souvent l'amour. Six ans d'union et nous n'étions déjà plus que des parents. Ma mère sentait ces choses ; un jour, elle m'a conseillé de « pimenter un peu notre vie sexuelle » en t'achetant des sous-vêtements érotiques, « des porte-jarretelles, par exemple ». Comme j'ai mal réagi, elle a renchéri en m'exhortant à essayer les menottes ou, mieux, à te demander de te travestir en secrétaire ou en infirmière ! Tu imagines ma tête. Son impudeur m'a toujours sidéré.

Après m'avoir traité de bigot, elle a même suggéré que nous tentions une petite partouze avec Arnaud et sa comptable. Je lui ai demandé si elle avait essayé avec son premier mari et avec mon père, qui s'entendaient plutôt bien. Elle m'a rétorqué qu'elle avait proposé la formule mais que mon père détestait l'idée de côtoyer des fesses poilues. Jean-Luc, lui, était partant : la partouze, c'était collectiviste, une sorte de kolkhoze du cul, la négation de la propriété, la destruction de la cellule bourgeoise... Bref, ma mère s'efforçait par la provocation de sauver notre sexualité.

Pour ma part, je me reconnectais à mon ancien univers professionnel grâce aux activités de free-lance que j'exerçais après ma journée de travail chez Marmiton. Mon statut me valait de ne pas être considéré comme un concurrent interne à un poste à responsabilité. D'une certaine manière, dans ce costume, je retrouvais le flamboyant d'autrefois, au moins quelques soirs par semaine. On me félicitait de mon retour, on m'aimait, du moins en apparence; lors des réunions, on écoutait ma voix avec bienveillance. Évidemment, je croisais à nouveau des belles plantes d'une trentaine ou une quarantaine d'années, des femmes pressées qui n'avaient pas eu le temps de faire un enfant et qui traînaient, pour certaines, ce regret en bandoulière, victimes des promesses publicitaires qui leur laissaient croire qu'elles seraient toujours désirables, sexy pour l'éternité. Elles se révélaient de violentes prédatrices, et, puisque tu attends des aveux, j'appréciais ce petit jeu de séduction. L'une d'elles, une photographe anglaise, m'a même proposé, une heure après notre rencontre, de coucher avec elle en me précisant qu'elle ne souhaitait nullement nuire à mon couple, ni au sien d'ailleurs. Elle se justifiait avec sincérité: «*I just want to have sex with you, darling, for a while, just before going back to London.*» Un petit écart pour «redynamiser» son couple, comme le vantait à l'époque une étude anglo-saxonne qui avait été reprise dans toute la presse. Un site de rencontres – le premier site dédié aux personnes mariées – affirmait que «contrairement à la Sécurité sociale, l'adultère ne coûte rien». Il fallait voir ça: ces arguments à répétition avec lesquels la société tout entière me donnait carte blanche pour te tromper, fournissant alibis, prétextes et même modes opératoires pour ne pas se faire attraper. J'ai refusé: obtenir ma ration quotidienne de prestige suffisait à m'oxygéner et à me rendre efficace.

La directrice de l'agence, Hélène, ne s'y trompait pas. Elle m'a secrètement proposé de revenir chez W Communication à temps plein, à un poste de directeur adjoint. Nos relations avaient toujours été professionnelles et nos seules joutes se faisaient à coups de traits d'esprit. Cela plaisait à cette femme redoutée. Mon départ l'avait titillée : comment pouvait-on la quitter, elle, si brillante ? Tu le sais bien, je t'en parlais, c'était l'une des directrices d'agence les plus talentueuses de sa génération, elle avait gravi les échelons avec brio, sans états d'âme.

Désormais, elle me faisait les yeux doux pour que je revienne à temps plein, et cela me flattait. J'aimais qu'elle me sollicite, qu'elle me courtise, elle que tant d'hommes convoitaient. J'étais à nouveau au cœur du jeu professionnel par la seule attention qu'elle me portait.

Alors oui, j'ai joué avec le feu. Au bar d'un grand hôtel, lors d'une discussion autour des nouvelles tendances publicitaires, j'ai raconté fièrement à Hélène qu'après avoir lu un essai visionnaire, *Mai 68, l'héritage impossible*, de Le Goff[1], tout m'était apparu clairement. Les codes de la publicité allaient devoir s'adapter : l'*ego trip*, la manie de la dérision, la dictature du sarcasme et du cynisme, la culture de la repentance et le mépris de notre passé, tout cet esprit allait disparaître. Ce serait le retour au bon sens. Sans en être encore conscients ni l'assumer, les citoyens dans leur majorité aspiraient à l'authenticité, revendiquaient peu à peu le droit à l'éthique. Ils voulaient un esprit de construction, et non de déconstruction.

Puis, dans mon exaltation, je me suis mis à évoquer notre Constitution du couple comme un symbole de ce

1. *Mai 68, l'héritage impossible*, de Jean-Pierre Le Goff, La Découverte, 1998 ; 2006.

changement sociologique. Je m'étonnais moi-même d'en faire une telle promotion, idéalisant notre réussite alors que, dans notre quotidien, nous traversions une crise profonde. Hélène a soudainement paru intéressée. Elle aimait « cette créativité insufflée dans le couple ». Cependant, au fur et à mesure que je décrivais notre démarche et nos articles, elle s'est raidie. Elle m'a coupé la parole d'un ton irrité : « Franck, c'est très sympa, ton histoire de Constitution, mais c'est *bull shit*. Sérieusement, tu sais bien que ça ne résistera pas ! C'est un barrage de papier face à un tsunami, un truc pour te rassurer. Tu as toujours été un anxieux. Deux couples sur trois divorcent à Paris, c'est mécanique, statistique, irrésistible, et c'est encore plus vrai dans nos sphères. Alors, combien de temps penses-tu que vous allez tenir ? Si tu crois que tu vas effacer Mai 68 par un retour à ta morale de curé, tu te goures, mon chéri. Les gens veulent jouir, tout de suite, et le montrer sur Facebook et YouTube ! »

J'ai compris la stupidité de mon intervention ; j'avais été péremptoire et, avec Hélène, cela frisait la provocation. Elle a prétexté un rendez-vous et s'est éclipsée, le visage fermé, après avoir réglé rapidement l'addition.

À partir de cet échange, les choses ont dérapé. Les semaines suivantes, elle m'a chargé de davantage de dossiers pour me faire travailler tard, alternant flatteries et reproches acerbes. J'assumais ma journée de rédacteur chez Marmiton puis j'allais chez W Communication. Hélène refusait que je travaille à distance car je devais être « proche des équipes ». Très souvent, elle me faisait poireauter avant de venir valider la création qui devait partir le lendemain dès l'aube chez le client. J'attendais, je n'étais pas à mon aise, tandis que la nuit envahissait les locaux.

Pour autant, je l'avoue, j'espérais ces moments où elle me convoquait dans son bureau aussi vaste que luxueusement meublé. Seul le Mac indiquait que ce loft au dernier étage, ouvert sur la ville par de larges baies vitrées, était un lieu de travail. À mesure que la soirée avançait et que les bureaux se vidaient de leurs derniers employés, l'ambiance changeait. Le silence et cette sensation croissante que bientôt je serais seul avec la boss faisaient déjà de moi un traître à notre couple, et je comprends maintenant que c'est précisément ce qu'elle recherchait.

Entre nous, le ton demeurait rigoureusement professionnel, et cela ajoutait une tension secrète à l'étrangeté de la situation. Hélène ne pouvait s'empêcher de balancer les noms des people avec lesquels elle irait dîner. C'était une femme redoutée, et désirée. Elle avait pénétré les cercles du pouvoir, elle labourait ces terrains minés avec une repartie implacable et un humour ravageur pour quiconque en faisait les frais.

Un soir, alors que je terminais un travail pour elle, elle a débarqué dans l'open space, inhabituellement éméchée, le visage fermé. Elle s'est placée debout derrière moi, penchée en avant, et a manipulé la souris que je tenais, ses doigts posés sur les miens. Je n'ai pas bougé. Cette assurance a sans doute été prise pour de l'indifférence ou de la suffisance. J'en ai été puni sur-le-champ.

— Ce que tu as fait est nul. Tu n'as que ça à me proposer ? On ne va pas aller bien loin ! Tu sais, parfois, je me demande si ta famille ne t'a pas pompé toute ta sève ! Tout le monde le dit derrière ton dos, on s'inquiète du peu de créativité qui te reste. A-t-on jamais vu un artiste marié ? Un artiste père de famille ? C'est impensable. La création requiert les abîmes, le feu, la tempête, la solitude ! Tu comprends ?

L'alcool aidant, le ressentiment suintait sous ses propos. Tout devenait clair : elle me faisait payer la conversation que nous avions eue au bar du grand hôtel. Elle ne me pardonnait pas le pied de nez implicite à son style de vie, elle qui vouait toute son énergie à s'élever dans la société. Au fond, je lui avais tendu un miroir désobligeant sur sa probable absence de tendresse et de douceur ; elle avait divorcé deux fois et vivait avec sa fille, qu'on disait anorexique. Elle ne devait pas supporter notre rêve d'une union durable. J'allais perdre mon seul client, mais à ma peur de renoncer à ces revenus se mêlait l'excitation d'avoir osé provoquer cette femme puissante.

À cette période, Arnaud cherchait à m'alerter, mais je ne l'écoutais pas. Je prenais ses mises en garde pour du sarcasme. « Fais gaffe, Hélène t'a dans le viseur ! Je ne suis pas le seul à l'avoir remarqué. Je suis pas du genre à donner des conseils, mais je sais qu'il n'est jamais bon de fricoter avec la main qui te nourrit. Tu sais, Guitry avait coutume de dire : “Il est très délicat de se dérober à l'honneur que vous fait une femme en s'offrant à vous.” Alors évite de te retrouver dans une telle situation. Méfie-toi ! »

Je bottais en touche. Pourtant, les choses sont devenues totalement claires une semaine plus tard. Ce soir-là, Hélène m'a convoqué dans son bureau vers 22 heures. En survolant mon texte, elle a immédiatement jeté mes concepts à la poubelle : « Ce n'est pas bon, tu as merdé, rentre chez toi et essaie de me trouver une putain d'idée. » Puis elle s'est assise à son bureau, déjà concentrée sur son écran. Je me suis levé. Elle a fait comme si elle ne me voyait pas. Je suis demeuré une bonne minute debout, comme un soldat au garde-à-vous. Puis j'ai perçu son souffle qui s'accélérait tandis qu'elle paraissait absorbée par son travail, et j'ai remarqué que son bassin bougeait légèrement. Sidéré, j'ai aperçu sa main qui disparaissait sous le bureau. Je t'épargne les détails...

Elle me provoquait pour me faire plonger. J'ai regardé mes chaussures comme un écolier et j'ai reculé en silence. Elle n'a pas levé les yeux. Lorsque je suis sorti de son champ de vision, disons qu'elle est devenue plus... bruyante. J'ai appelé l'ascenseur. Par chance, il était à l'étage et je m'y suis glissé rapidement.

Ce soir-là, j'étais fier, j'avais résisté. Parvenu au parking, j'ai compris qu'Hélène menait depuis des semaines un lent travail de sape. Cette femme était prête à tout pour briser notre couple. Avec une patience calculée, elle était décidée à me séduire ou à me détruire pour me prouver la vacuité de ma construction familiale. Jamais elle ne baisserait le rythme, soufflant le chaud puis le froid, comme ce soir-là.

Une heure plus tard, j'embrassais Sarah et Lucie, qui dormaient. Tu étais assoupie, toi aussi. Tu semblais si éloignée de la machiavélique Hélène... Je me suis rendu compte que je ne passais plus de temps avec toi. Je suis allé me servir un verre et m'installer au salon, observant mon foyer comme un étranger l'aurait fait. J'ai compris que ma famille était en train de devenir un décor, un fond d'écran que je croyais immuable, alors que l'essentiel de mon attention était tourné vers le sommet d'une tour en verre.

Sans doute aurais-je dû t'en parler, plutôt que de mener ce combat en solitaire. Le monde extérieur m'avait envoyé un ennemi puissant. Car c'est évidemment cette nuit-là que tu as fait ton cauchemar, quelques heures après qu'Hélène a cherché à me tenter. Tes antennes avaient capté le danger. Oui, je crois à ces choses-là, les ondes qui nous pénètrent et font naître en nous une intuition, quelque chose en rapport avec notre condition d'*Homo sapiens*, le flair de la bête. Tu as crié dans la nuit, et j'ai su que je devais réagir.

Le lendemain soir, en allant jeter les ordures, j'ai découvert dans le sac-poubelle les feuilles Canson et j'ai reconnu ton trait de crayon. J'ai sorti un premier dessin, puis un deuxième, d'autres encore, et j'ai compris. J'avais pollué ton esprit avec mes ondes négatives, avec les ondes qu'Hélène avait enfoncées dans mon crâne. Oui, cette forme sensuelle et sans visage que tu avais dessinée me confirmait que le poison s'était diffusé dans ton cauchemar, puis dans tes dessins. Nous étions en phase de contamination. Elle était notre ennemi.

Même si nous avions besoin de ce revenu, je me suis dit qu'il allait falloir cesser de travailler pour W Communication. J'ai aussi réfléchi à ce que cette crise signifiait. Notre couple manquait d'un espace qui lui soit propre, d'un peu d'intimité, une intimité de couple, non de parents. C'est la raison pour laquelle, quelques semaines plus tard, j'allais te proposer l'article 7. Du danger surmonté naîtrait l'article de survie de notre couple. Voilà toute l'histoire...

Franck,

Merci. Maintenant je peux mettre un nom derrière cette période difficile. Hélène. Je suis allée voir sa tête sur le Net, comme ça, par curiosité malsaine. Une carnassière, belle et séduisante ! Tu as omis de me la décrire. Cette femme représentait la tentation même, voilà la réalité. Une magnifique plante carnivore, et j'ai bien du mal à croire que tu aies résisté. Et puis, tu omets aussi de me parler de sa réputation sulfureuse. Elle fait partie du gratin. Il paraît qu'elle « croque les hommes puis les jette à la poubelle dans la foulée », selon un magazine people. Sur un site de ragots, j'ai lu qu'on la soupçonne de participer à des soirées très chaudes où se mêleraient, triés sur le volet, des stars des médias, des people et des hommes politiques. On s'y croise sans doute le sexe à l'air, avec sur le visage l'air de connivence des élites, dans une ambiance détendue et un décor haut de gamme qui atténue la vulgarité de ces partouzes où se vautrent pour quelques heures les gens de pouvoir. En tout cas, elle devait vraiment détester notre supposée normalité pour vouloir te séduire ainsi. Je n'en reviens pas de la scène que tu m'as décrite.

Tu es comme tous les êtres de ton genre : facilement manipulable si on agite un bout de sein ou de cuisse devant toi ! C'est moins grâce à son habileté que l'*Homo sapiens* a résisté aux menaces du monde sauvage que par son obsession sexuelle, qui lui a permis de se multiplier. Tu peux me dire ce que tu veux, que tu es fier, que tu as résisté – ce dont je doute –, il n'empêche : j'ai du mal à accepter que cela se soit passé pendant que j'étais engluée dans le quotidien avec les filles à gérer, les courses, le travail, l'intendance du foyer. Deux vies parallèles. Comment est-ce possible ? Et puis, je suis gênée que tu aies vu mes dessins, je ne sais pas trop pourquoi. Peut-être parce qu'ils sont liés à mon enfance, comme mon cauchemar d'ailleurs.

En attendant, je me demande ce que Lucie penserait si elle lisait ce passage. Car il faut que tu le saches : j'ai décidé d'en faire notre patient zéro, et elle a dévoré les deux premiers chapitres. Je me dis que je vais certainement lui faire lire le reste. Pas gagné qu'elle avale ton charabia destiné à nous expliquer que tu n'en avais pas après les fesses d'Hélène. Lucie a déjà affronté quelques déceptions sentimentales, elle connaît la faiblesse des hommes. Elle sait bien que vous voulez surtout éviter les vagues, alors vous habillez la réalité pour déjouer le drame, vous omettez. C'est votre grand truc, l'omission.

Toutefois, je vais te créditer de deux circonstances atténuantes pour que ta fille ne t'en veuille pas trop. La première réside dans le fait que, durant cette période, je ne t'ai pas aidé, et même que je t'ai sans doute poussé vers la sortie. Que crois-tu ? Que lorsque les hommes fautent, les femmes ne les y ont pas incités d'une manière ou d'une autre ? Pas toujours, bien sûr, nous savons aussi être des victimes sincères, mais enfin, il suffit de peu pour vous envoyer paître : être désagréable, ne plus vous flatter, ne plus vous admirer, vous soûler avec les choses du quotidien. Alors, peut-être que tu t'inventais une vie ailleurs parce que je te sortais inconsciemment de la mienne. Et puis, rien ne venait contrebalancer l'effet naturel de six ans de vie de famille à marche forcée.

À cette époque, nous n'avons pas su admettre l'échec de notre Constitution. La situation prouvait précisément les limites de notre acte de résistance et l'étroitesse du champ d'action de nos articles de loi. Notre Constitution n'abordait pas l'essentiel, ce « nous » perdu dans le labyrinthe des devoirs, ce « nous » englouti par les insatiables requêtes de deux êtres en construction.

Qui avions-nous pour alliés ? Nos mères qui, année après année, devenaient des aides de camp, de telle sorte que l'article 3 qui nous libérait des devoirs vis-à-vis de notre belle-famille se révélait totalement obsolète. À quoi bon nous prémunir contre nos mères si ces deux femmes nous sauvaient chaque week-end de la crise de nerfs en prenant le relais ? Ta mère, un samedi matin, tandis que je lui fourguais les petites, m'a glissé avec un sourire amusé : « Ma chère, je rate encore une séance d'hydrothérapie pour vos deux diablesses ! Il faudra le mettre à mon crédit. Et puis, maintenant, avec le recul, peut-être pourrions-nous aussi rédiger à nouveau l'article 3 ? »

J'étais épuisée, j'ai failli pleurer. Je n'oublie pas qu'elle s'est excusée, et elle m'a prise dans ses bras pour la première fois. Ta mère a toujours eu un instinct puissant. Elle sentait que ça flottait entre nous. Ça ne m'étonne pas qu'elle t'ait conseillé de pimenter notre vie sexuelle pour la faire redémarrer. Tu sais, je n'aurais pas été choquée que tu me proposes un petit jeu... Je plaisante. Enfin, pas tant que ça. C'est assez étonnant que l'imagination des hommes soit sans limites pour leurs maîtresses et bloque dès qu'il s'agit de la mère de leurs enfants. Enfin, soyons juste, c'est un peu vrai aussi pour nous, les femmes… On se lâche davantage dans une aventure sans lendemain, pour d'autres raisons.

Pour en revenir à la seconde circonstance atténuante – que notre fille comprendra aisément compte tenu de sa consommation massive de séries télévisées –, elle réside dans la force de la propagande qui cherche à accélérer les processus de séparation. Tu as rappelé, à juste titre, au début de ce récit une conviction ancrée en moi depuis longtemps : « Beaucoup de couples sont vulnérables, ils n'ont aucun plan de défense, ils imaginent que leur passion initiale suffira à les protéger des tentations. »

Alors vois-tu, Franck, maintenant je dois m'adresser à notre fille qui va lire ces lignes, car il faut qu'elle sache et surtout qu'elle comprenne.

Ma petite Lucie,

Tu es peut-être choquée par ce que tu as lu. Je te connais, tu es romantique, tu aimerais un monde parfait, des amours qui restent immaculées. En lisant notre confession, tu es troublée, certainement. Mais il faut que tu sois tolérante envers tes parents. Il faut que tu comprennes que nous vivons dans une époque de tentations institutionnalisées. Je vais te donner deux exemples, cela t'aidera à être plus lucide dans ta future vie d'adulte.

Françoise, ta grand-mère paternelle, nous avait offert deux places pour aller voir au théâtre Une femme totalement libérée, *une pièce hilarante et à la page, selon elle. « Enlevé, décomplexé et résolument moderne », pouvait-on lire dans la presse. Nous y sommes allés l'esprit libre. La première demi-heure, je dois avouer que j'ai bien ri, je me défoulais. Mais à mesure que la pièce avançait j'ai éprouvé un certain malaise, qui n'a fait qu'augmenter. Je lisais la même gêne sur le visage de quelques autres couples. À notre exception près, la salle, joviale, gobait l'histoire de cette femme mariée et « libérée » qui trouvait un amant, puis le trompait à son tour en lui expliquant que ce n'était pas bien grave car c'est lui qu'elle aimait ; elle hésitait à tomber enceinte pour aider un ami à être père, se découvrait une envie subite de faire l'amour à une inconnue, laquelle s'avérait être un transsexuel et, finalement, revenait à son premier amour comme on reprend un Kleenex. Ça pourrait te faire rire, ma petite Lucie, toi qui ne vois le mal nulle part. Ton père, lui, était tout pâle, il se tortillait comme un ver sur son siège. Sans doute songeait-il aux tentations de la fameuse Hélène...*

La semaine suivante, pour oublier tout ça, sur le conseil à nouveau enthousiaste de Françoise, nous avons opté pour le film Casse-tête chinois[1] *: une « histoire légère qui fait du bien et nous ouvre à la diversité des sentiments », comme le vantait une critique du* Monde. *Divorcé, un homme rejoignait New York, squattait le loft de sa meilleure amie, une homosexuelle vivant en couple, et couvrait l'infidélité de celle-ci avec la nounou de son bébé. Notre homme – qui s'habillait chez The Kooples tout en exerçant le métier de coursier, ce qui était très étrange – finissait par emménager avec une de ses ex-petites amies, à laquelle il avait pour habitude de faire l'amour de temps en temps, sans autre engagement que d'être performant au lit. Les enfants des deux couples trouvaient cette nouvelle union formidable et le soleil brillait dans le monde merveilleux des familles recomposées. Tu vois le topo ? Pourtant, ma petite Lucie, tu les as vues, tes copines enfants de divorcés. La réalité n'est jamais aussi simple, et il me semble que ta sœur et toi êtes*

1. *Casse-tête chinois*, de Cédric Klapisch, 2013.

heureuses d'avoir fait le voyage jusqu'à vos vingt ans avec vos deux parents. Je me rappelle qu'en sortant ton père et moi avons maladroitement tenté d'en rire. Mais au fond, nous étions totalement abattus.

« On dirait bien qu'on est cernés », ai-je conclu avec un sourire.

Ma petite Lucie, si tu avais entendu ton père ! Mal à l'aise, il a commencé à théoriser, probablement pour fuir une discussion qui aurait pu devenir trop personnelle. Tu connais son orgueil, qui le pousse toujours à monter sur scène. Il s'est lancé dans un de ses grands discours philosophiques. Selon lui, le souci vient de ce que la plupart des œuvres, au théâtre, au cinéma et à la télévision, alimentent cette propagande. Les contre-exemples ne sont pas nombreux. Pourtant, le réel est moins glorieux que cette apparente légèreté. Ton père a cité des études sociologiques montrant qu'à la suite d'une séparation, chaque membre du couple dégringole quelques marches dans l'échelle sociale. Il n'a pas tort : il suffit de regarder l'existence compliquée et précaire de son ami Arnaud, qui vit désormais dans trente-cinq mètres carrés. Deux pensions alimentaires le saignent aux quatre veines, et sa nouvelle jeunette aspire le reste de ses revenus. Tu vois, Lucie, la leçon, c'est qu'il y a beaucoup d'inconscience à suivre les injonctions impérieuses de ses désirs sexuels. On finit par souffrir émotionnellement, on brise dix ans de vie commune pour un peu de plaisir, et on galère ensuite. Pourtant, la propagande culturelle, médiatique et publicitaire continue à exciter nos instincts en ouvrant le champ des possibles ; on banalise l'adultère et – je reprends ses termes et son style professoral – « on justifie l'inévitable pour soulager les consciences et lever les freins du passage à l'acte ». Pendant la projection de Casse-tête chinois *dans cette salle de cinéma parisienne, combien étaient-ils à se demander en songeant à un ou une collègue de bureau : « Et pourquoi pas moi ? Et pourquoi pas elle ? »*

En ancien publicitaire, ton père cherchait à décoder ce phénomène. Il concluait, en étant assez convaincant je dois l'avouer, que « toute cette propagande du sexe libéré nourrit un vaste mouvement d'encerclement destiné à installer les populations dans des cycles de consommation de plus en plus rapides ». Où était l'alternative ? Notre tentative pour durer n'était-elle pas obsolète, antimoderne, voire – insulte suprême – « réactionnaire » ? Et notre fragile Constitution ? Comment pouvions-nous espérer qu'elle résiste à ces forces omniprésentes ?

Comment vous éduquer, ta sœur et toi, à la beauté, la poésie, la délicatesse, la résistance aux pulsions, quand une propagande massive justifie la primauté du désir égoïste et quand la plupart des émissions grand public déculpabilisent chacun de se soumettre à ses désirs ? Tu sais, Lucie, il est si facile de croire que recommencer une histoire, c'est remonter le temps, remettre les compteurs à zéro, retrouver le souffle de sa jeunesse...

« La pompe à fric s'alimente de cette grande lessiveuse des couples, disait ton père. Alors, de quelles armes disposent les gens pour s'opposer à cette pression ? » Son ton n'était pas grandiloquent, ni fier, plutôt désespéré et abattu. Pourtant, je n'ai rien vu, je n'ai pas compris que tout cela me concernait aussi, que ton père était tenté par une autre femme. Je n'ai pas pressenti qu'une rupture était possible, et même acceptable, ainsi que toute la société nous le répétait, que c'était un simple aléa de la vie. Oui, une séparation aux notes simples, un air populaire connu de tous, avec pour consolation l'espoir d'une autre chanson. Ton père reprendrait sa vie de publicitaire, pratiquerait la garde alternée, une semaine pour toi et Sarah, la suivante pour ses maîtresses ; un compromis entre le devoir d'éduquer et l'injonction de jouir. Consciemment ou non, il

devait sans doute rabâcher ce scénario en pensant à Hélène. Voilà pourquoi il alignait les arguments rationnels et les analyses pour se convaincre qu'il n'était pas seul responsable de s'être mis dans cette situation. Et je vais te dire, ma petite Lucie, il avait raison : la pression extérieure et la déculpabilisation grignotent partout les résistances morales.

Toi, Lucie, tu résistes. À de nombreuses reprises, j'ai entendu, en passant devant ta chambre, ce refrain qui désormais me trotte dans la tête :

Aux innocents les mains pleines
Je t'emmène lancer les médailles
Dans l'eau bleue des fontaines
Et cueillir à nouveau ces visions
Qu'on s'offrait autrefois comme des couronnes
Ces visions qu'on s'échangeait
Pour se dire, pour se rappeler
Je suis veilleur, tu es musée[1]

Ton père et moi aussi, nous avions fait le rêve d'être chacun le veilleur de l'autre, afin d'aller au bout d'un voyage qui s'apparenterait à une odyssée. Nous avions imaginé aller au-delà de la passion, au-delà de la tendresse, et même au-delà de ce qu'on appelle communément l'amour. Pourtant, toute la société l'encourageait à consommer Hélène pour évacuer sa frustration. Peut-être ce jour-là m'a-t-il lancé un SOS que je n'ai pas perçu. Contre un tel ennemi, notre couple pouvait rendre les armes. Et puis, c'est vrai que nous ne faisions plus souvent

1. « Les Hautes Lumières » (Fauve) © 2015 Sony/ATV Music Publishing Allegro / Fauvecorp Publishing. Avec l'aimable autorisation de Sony/ATV Music Publishing Allegro (France). Droits protégés.

l'amour. La fatigue, vos maladies, il y avait mille raisons légitimes pour que le sexe soit reporté de soir en soir. Quand on tentait le coup, la maladresse, la gêne et le fait de guetter en permanence ce qui se passait dans vos chambres tuaient toute espèce de sensualité. Peu à peu, nous nous étions habitués à cet abandon. Le crabe de l'indifférence nous grignotait. Ton père s'est éloigné sans le vouloir, porté par un courant sournois. Voilà pourquoi il faut lui pardonner cette tentation. Moi, je n'ai rien vu. Alors, je pardonne à mon mari. Et je vais reprendre ma conversation avec lui.

Franck, ne t'inquiète pas. Lucie comprendra.

Mais si notre fille doit lire ce récit, je devrai supprimer ce qui va suivre, je te le promets : toi, de dos, dans la cabine de douche. Est-ce à cause du filet de lumière sous la porte de la chambre ou par instinct, mais je me suis réveillée une nuit. Sans un bruit, comme consciente de la nécessité vitale de garder le secret, je me suis glissée dans la salle de bains, avant de battre en retraite dès que j'ai perçu tes mouvements derrière la vitre, ton souffle saccadé, ton avant-bras qui s'agitait… Je suis retournée me coucher et j'ai fermé les yeux pour me cacher jusqu'au matin. J'ai su que la femme de mon cauchemar était celle à qui tu pensais ce soir-là.

Le lendemain, j'ai attendu la même heure pour constater que tu consumais ainsi ton désir pour elle en te caressant dans la douche. Maintenant, je me dis que tu as peut-être su résister à l'adultère en t'humiliant de la sorte. À ton âge, ça doit tout de même être gênant de se mettre dans cette situation, soir après soir, elle obsédant tes pensées, à quelques mètres de moi.

À présent, Franck, tu dois tout me dire. Une bonne fois pour toutes. Il se pourrait même que ce soit là un acte d'héroïsme pour lutter contre l'influence d'Hélène. Oui, si c'est le cas, c'est peut-être moi qui devrai demander pardon, pour avoir douté de tes efforts en vue de sauvegarder notre couple et de préserver notre fidélité. L'amour, le véritable amour, sait dépasser les mirages du romantisme, assumer ses erreurs, les sublimer pour construire un parcours cabossé mais sincère.

Il suffirait que tu me dises tout, et on effacera ce qu'il faut...

Anaïs !

C'est fini, j'arrête tout. Comment as-tu pu autoriser Lucie à lire le début de notre histoire ? Et comment peux-tu imaginer lui faire lire les chapitres suivants ? Dans mon esprit, si nous avions décidé de rendre notre récit public, ou même simplement de le faire lire aux filles, nous aurions censuré le texte. L'idée qu'elles se font de notre couple ne doit pas être salie par nos combats. Elles ont à peine vingt ans, pourquoi veux-tu les faire vieillir prématurément ? Tu ne crois pas qu'avec ta maladie, elles ont déjà pris une sacrée dose de maturité ?

« Mais qu'est-ce que tu as, mon chéri ? Tu es tout pâle. » Voilà ce que tu as osé me dire ce matin avec un air amusé, avant que je parte au travail. Je n'ai pas osé croiser le regard de Lucie. Je ne sais pas ce qu'elle sait. Jusqu'où a-t-elle lu ? Je n'en reviens pas ! À quoi joues-tu ?

J'ai l'impression que tu jubiles de me mettre sur le gril. Tu te venges de quoi ? du destin ? du temps qui passe ? de la maladie ? Et voilà que tu évoques mes soupirs dans la salle de bains ? Jusqu'où vont grenouiller tes souvenirs pour me mettre la pression ? Je ne te comprends pas. On ne voit plus que mes prétendues errances de quelques semaines en plus de vingt ans de vie commune, tu ne parles que de ces moments de doute, de cette tentation, d'Hélène… Et ensuite, on pourra évoquer le reste ?

Je vais te dire comment ça va finir. On ne publiera pas ce texte, on le gardera pour nous, on en fera un règlement de comptes personnel et confidentiel, puisque c'est ce que tu souhaites, voilà ce qui va se passer. Je n'ai pas envie de m'avilir. Et si tu n'es pas d'accord, je détruirai ce fichier, j'infecterai l'ordinateur, je n'aurai de cesse de broyer tout ça. Je vais parler à Lucie. Je vais lui demander solennellement de cesser de lire. Elle acceptera.

Oui, faisons de ce texte un règlement de comptes. Tu veux que je te dise tout, c'est ça ? Je reconnais qu'avec Hélène il n'y avait pas seulement mon orgueil professionnel en jeu, il y avait bien du désir, et de la vanité à l'idée de la posséder. Tout ça était déjà inscrit dans mes confessions, en filigrane, et je savais pertinemment que je n'avais pas besoin d'être plus explicite. Tu en veux davantage ? Tu veux que je t'avoue que je m'étais piégé tout seul, comme un con, que mes pensées glissaient de plus en plus fréquemment dans la pornographie la plus convenue ? Tu veux vraiment que je raconte ? Alors je vais raconter !

Toute la journée, je guettais, dans le comportement d'Hélène et dans ses mimiques, des signes, des indices, des sous-entendus qui me prouveraient qu'elle ressentait du désir pour moi, qu'elle ne jouait pas, qu'elle ne me manipulait pas. J'avais l'orgueil de croire que quelque chose d'inédit pouvait advenir dans le cœur de cette femme, un sentiment dont je serais la source, qui l'humaniserait, lui ferait rendre les armes et déposer son armure d'*executive woman*. Oui, j'espérais un cataclysme qui rendrait possible cette transformation. Au fond, je voulais la dominer, prendre l'ascendant, voilà le plus gros de mes péchés dans cette pitoyable histoire.

Le pire, c'est qu'il y avait des signes encourageants : son regard sur moi deux ou trois secondes de trop, quelque rougeur éphémère sur ses joues lorsque je posais les yeux sur sa silhouette, et aussi ces sourires à la complicité ambiguë que nous échangions fréquemment. Dans ces moments-là, j'étais envahi d'une joie primaire, une espérance débridée mêlée à une impatience croissante, j'étais disposé à brûler notre Constitution, à faire couler le sang de ma propre famille. Ces pensées m'affolaient ; je me rassurais en mettant cette brûlure intense sur le compte du désir, n'osant m'avouer que dans ma rage de posséder cette femme se terrait l'ambition insensée de m'en faire aimer véritablement. Mais, à force de jouer avec le feu, j'attisais en moi l'envie de concrétiser les choses. La soif de la nouveauté – cette injonction du monde moderne dont témoignent la pièce de théâtre et le film que tu as évoqués – l'emportait sur tout ; mon corps n'était plus qu'une tension à assouvir, une obsession qui se métastasait.

À ces phases d'emballement succédaient de longues périodes de doute : une parole prononcée d'un ton sec, un mail sans retour, une réunion annulée, et je paniquais. Ces signes que j'avais pris pour des assentiments n'étaient que politesse, calcul, maîtrise de soi, rien qui soit folie. Je regardais Hélène, la gorge nouée. La crainte irrépressible d'être son objet ou son jouet me torturait, mais extérieurement je ne montrais qu'immobilité et pâleur.

Durant cette période, j'ai souffert terriblement, et oui, comme tu l'as deviné, je luttais contre moi-même pour te rester fidèle. Je me jurais de fuir, de ne plus me soumettre à la tentation, de retrouver l'harmonie chez nous. Je t'observais en cachette avec une puissante envie de pleurer. Je masquais mon état, je justifiais mon humeur sombre par mes difficultés au travail, je me maudissais chaque matin. Mais, dès le lendemain, de retour au bureau, je cherchais malgré moi Hélène du regard, comme un chien.

Et puis, une nuit, les murs se sont écroulés. Dans un rêve que j'ai cru réel, j'ai été submergé d'images précises, j'ai rêvé d'Hélène, de moi et d'Hélène... Je me suis réveillé en sursaut, effrayé, coupable, à quelques centimètres de toi qui dormais profondément. J'ai mis plusieurs minutes à me rassurer : ce rêve n'était pas un souvenir, il ne s'était rien passé, rien d'irréversible, j'avais encore le choix. Je me suis glissé silencieusement dans la salle de bains pour prendre une douche et j'ai achevé ce que la nuit avait fait naître dans mon esprit. J'ai recommencé quelques soirs de suite. Voilà ce que tu as surpris. J'avais la quarantaine, et tu as raison d'écrire qu'il était humiliant de faire ça, de penser de manière obsessionnelle à Hélène à quelques mètres de toi, de ne pas pouvoir me passer de cet exutoire pour contrôler mon désir. Ça ne me fait pas rire d'écrire ces lignes. Toi, tu sembles prendre cela avec distance. Pourtant, cette épreuve m'a retourné l'estomac pendant de nombreuses semaines.

Alors quoi ? Tu veux faire lire cette boue à Lucie ? Tu lui diras aussi que tu ne faisais pas beaucoup d'efforts pour régler le problème, dois-je te le rappeler. Je suis venu plusieurs fois vers toi mais tu t'es retournée pour dormir, tu m'as repoussé. Lequel de nous a frustré l'autre ? Tu veux qu'on raconte à Lucie que, les mois précédant mon histoire avec Hélène, tu n'avais plus de désir pour son père, que tu m'envoyais bouler si je te touchais, que tu étais à moitié dépressive ? Tu étais dans ta névrose et je ne comptais plus. Aucune attention, aucun compliment non plus, rien, je n'existais plus que pour ramener de la tune et faire un peu d'intendance. J'étais abandonné, voilà la réalité. Et chaque jour, en observant dans le miroir mon visage émacié, je comprenais que je n'allais pas bien du tout.

Je connaissais maintenant un diable qui portait le nom d'Hélène. Ce n'était pas de l'amour que j'éprouvais pour elle, tu l'auras compris. Mais je ne regardais plus mes propres filles, je ne les faisais plus rire, à cause de ce combat intérieur que je menais. D'ailleurs, Sarah et Lucie avaient une étrange manière de m'éviter. Peut-être comprenaient-elles que le cocon était entré dans une zone de fortes turbulences. Ou peut-être fuyaient-elles le poison qui s'était infiltré dans mon esprit.

Je ne sais pas si j'aurais mieux fait de tout te raconter à l'époque. Je ne le pense pas. Pourquoi t'humilier en te posant face à une concurrente quand tu cherchais toi-même à reprendre pied ? Non, il ne fallait pas « tout se dire ». Mon instinct me soufflait d'assumer cette épreuve seul. Je crois y être parvenu.

Voilà, tu sais tout. Maintenant, cessons ce jeu, retournons à notre vie.

Mon chéri,

Eh bien, l'irruption de Lucie dans ce récit a eu l'effet escompté : tu as enfin livré du « vrai » !

Bon, je vais te tranquilliser : Lucie n'a pas lu grand-chose, un peu du début, jusqu'à l'article 1. Je comprends qu'elle ait aimé et ait eu envie de poursuivre. Elle n'imagine certainement pas la suite... Je lui ai dit de patienter. Te voilà rassuré ? Comment as-tu pu imaginer un seul instant que j'allais lui faire lire le reste ! C'était une ruse, pardonne-moi. J'avais besoin de savoir depuis tant d'années... Tu avoueras, plus de quinze ans d'interrogations, ça peut rendre dingo. Dès lors, la fin justifie les moyens.

À présent, nous pouvons peut-être retrouver un peu de calme dans notre existence. Je sais que j'ai été désagréable ces derniers temps, je voulais que tu cesses de mentir, que tu m'avoues ton désir pour cette femme. C'est peut-être masochiste, mais je voulais savoir. C'est pourquoi je t'ai mis la pression. J'avais *besoin* de vivre ta faute. Tu comprendras plus tard pourquoi.

Une autre raison vient de mon état. Car, il faut se dire les choses, ils ont beau avoir une piste, les médecins ont des doutes. Les nouvelles maladies les mettent mal à l'aise. Ce n'est pas mortel, prétendent-ils, et pourtant depuis un an et demi je me traîne, je maigris, je suis vulnérable à la moindre bronchite. J'ai l'impression que ma santé se dégrade jour après jour, et ma patience s'émousse. Alors, si tu veux me faire plaisir, il te reste à faire un dernier effort ; je parle bien sûr de ce soir où tu es rentré en sang vers 2 heures du matin, quelques semaines après mon cauchemar, plus précisément la veille de ta « séparation d'avec W Communication », subtile périphrase qui ne m'a pas échappé. Car je ne te crois pas, je suis quasiment sûre que tu as couché avec Hélène. Pour autant, je t'ai préparé avec amour ton dîner ce soir, non ? Alors raconte-moi. Tu vois bien que je suis prête à pardonner.

Anaïs,

Mais tu ne lâches rien ! Crois-moi, tu ne vas pas beaucoup me voir les jours prochains, ni au petit déjeuner, ni au dîner ! Les médicaments t'ont rendue paranoïaque ? Tu te venges sur moi ? Cette comédie a suffisamment duré. Je t'ai tout dit. Je vais déposer l'ordinateur sur ton oreiller pour la dernière fois. Ce récit était une idée stupide. J'arrête.

Franck,

Il faut te reprendre, mon chéri, et te calmer. Il suffit de me raconter, tout simplement. Je ne t'en veux pas, je te le jure, je ne suis pas ironique, juste amusée de voir quelle importance tu accordes à tout cela. Il te reste à me dire ce qui s'est passé quand tu es rentré en sang.

S'il te plaît.

Mais quoi ? Tu veux savoir quoi ? Si on a fait l'amour, Hélène et moi ? Dans quelle position ? Combien de temps ? Si elle est meilleure que toi au lit ? Si j'ai été plus performant ? Quand je suis rentré en sang, tu n'as pas compris que ça voulait dire que cette histoire était terminée ? Ça ne te suffit pas ?

Non. Je veux qu'on se dise tout. Pour des raisons qui me concernent davantage que notre couple. Crois-moi, lui résistera à tout ça sans problème. Finissons-en.

Ton apparente assurance ces derniers temps n'était qu'une façade. Ce matin, quand je suis monté dans ta chambre, tu étais assise sur le lit, la tête entre les mains, tremblante. Je t'ai prise dans mes bras. Tu as pleuré, doucement, dix bonnes minutes. J'ai été bouleversé, je le reconnais. Et j'ai compris. Seule la voie de la confession totale peut te ramener sur le chemin d'une vie normale. Alors c'est décidé, je te raconterai ce qui s'est passé ce fameux soir. Mais pas tout de suite, dans deux ou trois semaines. J'ai besoin d'un peu de paix entre nous. Oui, ce dont j'ai envie, c'est de t'inviter à dîner, que nous sortions, comme avant. Que nous nous retrouvions.

Mon Franck chéri,

Tu crains la confession ; moi, elle me rend le sourire. Alors merci. J'attendrai que tu sois prêt à me raconter. Et merci aussi pour le dîner hier soir. Ce qui compte maintenant, c'est notre réconciliation. Après ces dernières semaines sans que nous ayons pris la peine d'échanger de vive voix, il fallait dissiper les malentendus par la parole et l'attention à l'autre. Depuis quand n'étions-nous pas allés au restaurant en amoureux ? Ça nous a fait du bien, comme à chaque fois.

Maintenant, nous pouvons évoquer l'article 7, l'article « star » qui nous a sauvés si souvent. Nous aurions dû le concevoir au tout début de notre Constitution. Erreur d'agencement et de timing.

Article 7 :
Se retrouver une soirée par semaine, un week-end par mois et une semaine par an.

Je me souviens que tu l'as inventé précisément après être rentré le visage en sang. Tu sais, l'épisode qu'il te reste à me raconter ! Tu l'as justifié au motif que, jusque-là, nous avions joué défensif – *contre* l'envahissement de notre espace, *contre* l'influence des autres, *contre* les sources de conflit, *contre* la fuite du temps –, mais que nous n'avions pris aucune mesure pour nous garantir du temps à nous, rien que toi et moi. Il faudrait désormais nous réserver un soir par semaine et une semaine de vacances par an, pendant lesquels nous ne parlerions ni des enfants ni du boulot. Nous serions légers et insouciants, sans devoirs, sans passé ni avenir. Comme à nos débuts.

Je vais t'avouer quelque chose : je ne t'ai pas cru une seule seconde, ou plutôt je n'ai cessé de me répéter qu'un fait grave s'était produit. C'est pourquoi, dans un premier temps, j'ai fait semblant de refuser qu'on abandonne les filles une semaine par an.

Tu as objecté avec sérieux qu'il me resterait 358 jours par an pour les voir. Tu avais l'air de jouer ta vie, vu la manière dont tu argumentais pour me faire plier. J'ai fini par dire oui, tout en suspectant ton retour en sang d'être à l'origine de ce nouvel élan de notre couple. Sarah et Lucie, qui dormaient, n'ont pas su qu'on venait de leur retirer leurs parents une vingtaine de jours au moins par an. Le lendemain, l'article 7 de la Constitution s'affichait sur le réfrigérateur.

Et puisque j'ai interpellé Lucie à un moment difficile de ce récit, je vais m'adresser de nouveau à elle, lui raconter comment son père s'est bien rattrapé, comment il a encore rendu sa mère heureuse, épanouie. À mon avis, ce passage adressé à notre fille, nous pourrons le conserver si nous décidons de laisser nos enfants découvrir notre confession.

Oui, ma petite Lucie, le couple est une lutte, un combat, et il faut se donner les moyens de le réussir. Ton père a compris qu'il devait me redécouvrir en tant que femme. Je me rappelle la première fois où nous avons appliqué l'article 7.

Un vendredi, nous nous sommes donné rendez-vous dans un bar à vin choisi au hasard, dans le 9ᵉ arrondissement. Nous étions convenus de nous y retrouver, et non pas d'y aller ensemble, lui venait du bureau et moi de la maison, après avoir reçu le baby-sitter. J'avais parfaitement compris l'enjeu et je réagissais enfin en tant que femme : maquillée, joliment vêtue, je devais muter du statut de mère à celui de célibataire. J'ai ajouté un brin de provocation lorsque j'ai pénétré dans le bar en minaudant, j'ai senti que je parvenais à échauffer l'espace autour de moi en frôlant les tables, légère et souriante. Tu verras, ma petite Lucie, nous sommes malheureusement obligées de jouer à ces petits jeux pour leur faire lever le nez de leur assiette...

En réalité, si tu savais comme je tremblais intérieurement ! Jamais auparavant ma nature discrète et timide ne s'était livrée à ce genre de manège, mais j'avais dans le viseur l'amazone de mon cauchemar, et mon instinct de femme me convoquait pour le grand défi. Avec deux enfants, mon combat ne relevait plus du narcissisme mais bien d'un enjeu crucial pour notre famille : je voulais aussi un père pour toi et ta sœur.

La soirée a été réussie. Franck et moi avons abordé des sujets totalement futiles, joué une partition d'étudiants insouciants. Nous avions des années de retard sur le plan de la légèreté. Il a retrouvé son sens de la repartie, l'art de me faire rire, de briller. Il s'est inventé une fausse existence, des hobbys improbables, des ambitions démesurées ; ce soir-là, il s'est bombardé critique de cinéma, et moi, j'ai bradé les arts graphiques pour me transformer en pianiste professionnelle, une sorte de comtesse un peu folle et sans le sou, recluse dans un château de la Loire, fêtarde aussi. Ça m'a aidée, ce costume, pour me lâcher, et jouer en toute liberté des instruments de la séduction.

Nous nous sommes beaucoup amusés. Nous étions de nouveau en phase, enfin. Nous sommes rentrés complètement soûls, et lorsqu'on l'a libéré, le baby-sitter semblait honteux de nous voir tituber dans le couloir pour aller vous embrasser, ta sœur et toi.

Ce soir-là, j'ai grandi. Surtout, il me semble bien que j'avais terrassé la femme de mon cauchemar.

Le lendemain matin, nous avons payé cher nos excès. Lorsque Sarah et toi avez débarqué dans la chambre à 7 heures du matin, ça ressemblait à une punition. Nous aurions pu déclarer forfait mais notre nouvelle règle, affichée dans la cuisine, s'opposait à toute dérobade. Nous n'avions pas le droit de renoncer à notre sortie le vendredi suivant. Nous avons alors décidé de prendre une nounou ou de réquisitionner nos mères le samedi, afin de pouvoir nous reposer le matin et même faire une sieste après le déjeuner. Il fallait assumer cette forme d'égoïsme dont ta grand-mère s'est moquée dès qu'elle l'a appris : « Alors, on veut jouir sans entrave ? On abandonne ses enfants le samedi ? »

Nous vous abandonnions effectivement, et sans remords. Mais le reste du temps, nous nous réservions entièrement pour vous, un cent pour cent d'attention, sans aucune frustration, car nous nous donnions les moyens de respirer par intermittence l'oxygène de l'insouciance, de l'indolence et du relâchement.

Quelques mois ont suffi pour que ton père et moi passions à la vitesse supérieure. Plusieurs samedis, nous vous avons laissées pour rejoindre en train une charmante ville de province – Tours, Avignon, Mâcon, Dijon... Nous rentrions le dimanche midi. Ta grand-mère maternelle venait prendre possession de l'appartement en notre absence. Nous avons goûté les différents vins que l'Hexagone produit pour corriger son peuple d'un pessimisme héréditaire, déambulé à l'aveuglette dans les ruelles de vieilles villes. Ce sont pour moi des souvenirs merveilleux, des instants de pur bonheur. Toi et Sarah, vous appreniez ainsi que notre présence n'était pas un dû, que vous deviez compter avec nos désirs.

Et puis, une fois par an, nous partions une semaine tous les deux. Valence, Séville, Prague... L'éloignement nous offrait du recul.

Mais maintenant, ma Lucie, et toi aussi Sarah, qui liras ce texte un jour, il faut que je vous dise à quel point, de retour de ces voyages, nous tremblions d'excitation à l'idée de vous retrouver. Vous nous aviez terriblement manqué, et notre obligation de ne pas trop parler de vous durant le séjour avait aiguisé notre envie de vous revoir. Lorsque, parvenus à l'étage, nous vous découvrions, éclatantes, pleurant de joie et d'émotion contre nous, nous nous disions que rien au monde ne valait cette union à quatre. Vous nous câliniez sans retenue sur le canapé ; les semaines suivantes, vous étiez obéissantes, attentionnées, gentilles ! L'absence vous rendait meilleures, au point qu'on se demandait en riant si on n'aurait pas dû partir plus souvent.

Oui, votre père a été courageux de se battre, de réagir et de faire naître cet article 7 qui a aidé notre couple à se régénérer et à respirer, côte à côte avec notre famille. Cela, je le lui dois.

Il n'y a que cette année que nous risquons pour la première fois de devoir reporter notre voyage annuel à deux...

Ma douce Anaïs,

Merci. Oui, vraiment merci pour ce que tu as raconté aux filles.

Les souvenirs de toutes nos « virées » m'ont fait à moi aussi un bien fou. Je me rappelle parfaitement cette première soirée. La légèreté de ta jupe, ton décolleté laissant entrevoir les courbes de tes seins, ta démarche assurée ont aimanté le regard des hommes attablés et ceux, assassins, des femmes qui les accompagnaient. Oui, moi aussi je pourrais dire à Lucie et Sarah que tu étais sacrément séduisante. Tu avais piqué ma jalousie. Ce soir-là, c'est vrai, tu es redevenue une femme à impressionner, une célibataire à séduire. Nos discussions ont échappé à toute considération familiale, on a joué à faire semblant de ne pas se connaître, un truc que j'avais piqué dans une nouvelle de *Risibles amours*, de Milan Kundera. On aurait pu croire que c'était notre première rencontre.

Depuis le début de ce récit, tout à notre désir de raconter nos luttes, nous avons oublié d'évoquer les moments heureux. Voilà pourquoi il faut que nous sortions à nouveau. J'ai déjà réservé pour jeudi soir prochain, ce sera ta surprise. Et puisque nous sommes apaisés, je vais enfin te raconter ce qui s'est passé ce fameux soir où je suis rentré en sang. Le dernier round avec Hélène.

Elle m'avait convoqué vers 22 h 30 ; je lui ai présenté deux voies créatives et elle a paru enthousiaste. Elle avait apporté des sushis, une bouteille de vin blanc, et elle a décrété que c'était l'heure de dîner. Elle m'a versé un verre, puis un autre, tout en évoquant notre travail, l'évolution du monde de la publicité, l'émergence d'Internet qui transformait notre métier. Elle me parlait comme elle l'aurait fait avec un égal. Elle semblait lasse. Nous étions assis là, dans son vaste bureau au dernier étage, dont la baie vitrée donnait sur tout Paris. Je me sentais valorisé, fier de cette considération. Elle a évoqué devant moi l'avenir de l'agence, cette « nouvelle méthode agile » dont tout le monde parlait et avec laquelle elle allait tenter d'améliorer la rentabilité des projets. Elle m'a demandé mon avis, a écouté sans impatience mes suggestions. Ses habituels effets de manche, son hystérie calculée, son utilisation réfléchie du compliment ou de la terreur, toute cette carapace avait disparu. Je ne l'avais jamais vue ainsi : elle se livrait, dépouillée, vulnérable.

— Ça me fait du bien de parler avec quelqu'un en toute confiance. Je n'en ai pas souvent l'occasion, m'a-t-elle dit.

Puis elle a pâli et baissé la tête, avant de poursuivre d'une voix cassée :

— Tu sais, je pense souvent à ton histoire de Constitution. Je... j'ai raté ça avec mon ex-mari. Et chaque matin, j'ai devant les yeux une image vivante de mon échec : une silhouette squelettique, avec tous ces reproches qu'elle tire derrière elle.

— Ta fille ?

— Oui... Mon bébé. Mon tendre bébé, la seule personne qui compte pour moi.

— Tout n'est pas perdu.

— C'est trop tard, crois-moi. Je suis prisonnière de mon propre rôle. Dans la boîte, on me croit forte. Si je cesse de jouer le jeu, les équipes ne croiront plus au système, à ma capacité de les emmener loin, de les faire grandir, de leur proposer des opportunités. Je n'ai pas d'autre choix que de paraître forte pour que tout fonctionne.

— Et... ?

— Et je suis seule. Alors je remplis mon agenda pour ne pas être chez moi à désespérer devant une pizza et une anorexique qui me déteste et me le fait bien sentir. Je devrais dire stop, mais je n'arrive pas à quitter le *game*, à retrouver la réalité pour l'affronter. J'ai dû m'accorder un quart d'heure de solitude en vingt ans. Je fuis le silence, les miroirs, les discussions intimes, je suis en représentation permanente. Mais je ne suis pas dupe. Je n'existe plus que virtuellement, un avatar qui déroule une partition caricaturale d'*executive woman*. Tu as l'air surpris ? Tu t'imaginais que je n'en avais pas conscience ? La réalité, c'est que je suis une junky des apparences. Je sais que la chute sera rude quand la faucheuse passera me tendre la main, je regretterai mon temps bradé pour ces illusions, puisque je ne fais qu'agiter frénétiquement les bras, gaspiller les heures, me fuir...

— Tu peux encore changer les choses, non ?

Elle s'est masqué les yeux et elle est sortie de la pièce sans répondre. Elle est revenue cinq minutes plus tard, étrangement détendue, son sac sous le bras, et m'a dit d'une voix sourde :

— Viens, Franck, partons. J'ai besoin de toi ce soir.

Elle était débarrassée de son costume de boss, et moi, j'avais l'orgueil qui battait le tambour. J'avais gagné, elle rendait les armes, je la dominais, j'avais remporté le combat qui s'était engagé entre nous. J'en étais certain, il n'y avait plus aucune manœuvre derrière tout ça.

Dans la voiture, j'ai vite compris qu'elle prenait la direction de son domicile, près de Neuilly. Je n'ai rien dit, au début. Je l'avoue, j'ai sans doute joué avec l'idée d'aller au bout de ma victoire, de finir sur une domination totale, de coucher avec elle, une fois, une seule fois. Sur le trajet, la voiture a freiné et s'est immobilisée. Il y avait un feu rouge, à ma droite, à hauteur de mes yeux, j'aurais presque pu le toucher en baissant la vitre ; il me semblait vivant et m'hypnotisait. Le temps s'est figé et j'ai eu l'impression que ce feu pénétrait mon cerveau et colorait de rouge tous mes souvenirs, les visages de Sarah, de Lucie, le tien. Je me suis senti mal, pris d'une envie de vomir.

À ce moment précis, comme dans une scène en accéléré, je me suis vu faire l'amour avec Hélène, et j'ai anticipé mon retour à la maison, le petit déjeuner, ma honte. J'ai prévu ma fuite au travail, mon incapacité à me concentrer, et j'ai deviné le cours déprimant que prendraient les jours suivants, les méchancetés que j'allais te balancer pour me déculpabiliser. J'ai compris que je serais soumis à l'envie pressante de recommencer avec Hélène, en me donnant l'illusion que cette aventure possédait un sens réel. Je me suis vu banaliser ces rencontres et révéler ce caprice pour ce qu'il était : un simple adultère. Je me suis imaginé tout t'avouer pour ne plus avoir à lutter avec ma conscience. J'ai visionné la scène de notre séparation, la première absence de la maison, les explications vaseuses données à nos filles, les nuits loin d'elles, dans une chambre d'hôtel ou chez Arnaud. J'ai ressenti douloureusement la déception à remâcher du matin au soir, le retour de mon instabilité originelle, l'ironie compatissante de tous ceux qui avaient présagé – voire espéré – notre échec. J'ai pressenti la pente insidieuse qui interdirait la réconciliation. Je t'ai entendue prononcer des mots définitifs tandis qu'en nous hurlait la voix de l'amour, un amour emprisonné par notre orgueil, pris en otage par le ressentiment, étouffé par le renoncement et la soumission à la fatalité. J'ai entendu ma mère me reprocher cette séparation, enragée de constater que nous qui avions essayé de braver le destin échouions, comme elle, comme tant d'autres, victimes de la « grande lessiveuse ».

À cet instant, possédé par ce futur, je suis sorti précipitamment de la voiture. Je ne me souviens pas des mots que j'ai dits. Je me rappelle tout juste le cri d'Hélène quand j'ai jailli hors du véhicule.

J'ai couru. J'ai pris la première rue à droite, puis une autre au hasard, imaginant qu'Hélène allait me traquer. Je transpirais, j'étais essoufflé, mais j'accélérais, le regard brouillé. Dans un virage, en voulant éviter un banc, je me suis étalé de tout mon long et mon visage a heurté le pare-chocs d'une voiture en stationnement. La douleur m'a stoppé net. Mais j'ai presque ri en remarquant que ma main gauche était engluée dans une merde de chien. Je me suis lavé dans un caniveau, puis je me suis dirigé en boitant jusqu'à une borne de taxis et je suis rentré.

À mon arrivée, tu t'es réveillée et tu as poussé un cri, alarmée par le sang séché sur mon visage. J'ai bien vu que tu ne me croyais pas une seconde quand j'ai justifié mon état par une bagarre avec un voyou. À l'aube, j'étais conscient d'avoir perdu un gros client et récupéré mon âme.

Voilà, tu sais tout maintenant. J'ignore si je dois me sentir coupable d'avoir laissé le jeu aller jusqu'à ce stade. Je crois bien que j'en suis sorti vacciné. C'est déjà ça. Je me sens libéré d'en avoir parlé. Je vais poser tout de suite l'ordinateur sur ton lit.

Article 8 :
Éduquer ses enfants malgré l'environnement, et souvent contre lui.

Anaïs,

Tu n'as toujours pas répondu à mon dernier message. J'ai même dû annuler le restaurant gastronomique où je me faisais un plaisir de t'emmener. Je ne comprends pas ton attitude. Je t'ai tout dit ! Tu voulais savoir, te voilà rassurée, non ?

« Écris sur l'article 8 », m'as-tu déclaré hier. Ce fut ta seule réaction.

J'essaie pourtant de me montrer attentionné. As-tu remarqué que le massage du matin et celui du soir durent plus longtemps qu'avant ? Je sais à quel point ils te soulagent de tes affreuses douleurs musculaires et articulaires. Car je vois bien que tes gestes ralentissent, que la souffrance et la fatigue atrophient tes muscles, te pompent ta sève. Tu as des difficultés à bouger tes membres au réveil. Il faut que j'en parle au médecin. Ton corps, c'est mon domaine, ma responsabilité.

Je me sens utile quand, avec précaution, je passe le gant de toilette sur ton dos, après avoir réglé la température de l'eau pour rendre ce moment agréable. Ensuite, j'ôte patiemment l'humidité de chaque pli pour préserver ta peau que la cortisone a rendue friable – effet indésirable, expliquent les médecins. Puis vient le massage. Il y a cet instant précis où, systématiquement, tu t'immobilises lorsque ma main commence à te masser la nuque. Tu détestes ce moment-là. Mais chaque fois que je caresse cet endroit, j'implore un armistice ou une simple trêve, je quémande un couvre-feu – l'arrêt des douleurs. Je prie pour que ce message se transmette, se diffuse par bonds successifs jusque dans chaque cellule de ton corps et t'accorde un répit. Chaque matin, je chuchote à ton corps que je l'aime. Et je le lui prouve quand j'enduis tes bras, ton torse et tes jambes d'une mince couche de cette crème qui soulage tes membres durant quelques heures. « Ils » ont peut-être une piste, nous ont-ils annoncé la semaine dernière.

Je vais te dire, ma chérie, nous allons gagner ce combat. Nous sommes des résistants. Nous l'avons été pour nos filles, et tu peux en être fière chaque fois que tu les regardes. Elles savent ce qu'elles te doivent. Devine ce que m'a répondu Lucie, à qui je demandais hier ce qu'elle pensait de l'article 8 ? « Vous avez été sacrément forts de ne pas faire comme tant d'autres. » Une réponse qui se suffit à elle-même.

Je l'ai interrogée sur son pire souvenir d'école. Elle s'est immédiatement rappelé le sermon que lui avait fait le directeur, en primaire, lorsqu'elle avait dénoncé une élève qu'elle avait surprise en train de voler dans les manteaux de ses camarades. « La délation, c'est une vilaine action, ma petite, lui avait-il dit. Lucie, tu dois comprendre que ce n'est pas bien du tout ! »

Et je me rappelle qu'il m'avait dit entre deux portes : « Décidément, vos filles ont beau avoir de bonnes notes, elles sont *particulières*. Sans doute l'influence qu'elles subissent tous les jours à la maison. Vous êtes au courant pour la dénonciation ? Vous savez, cette petite qui a volé vient d'un milieu défavorisé, elle n'a pas la chance d'avoir tout ce que vos filles ont, vous comprenez ? »

J'ai eu envie de lui conseiller de lire Dostoïevski, j'ai failli prononcer les mots « lâcheté » et « irresponsabilité ». J'ai finalement renoncé.

Mais ce n'est pas lui qui a été le plus délicat à gérer, non, ç'a été le principal du collège. Dans notre fameuse répartition des tâches, j'avais en charge les relations avec lui et toi celles avec les professeurs. Les filles entraient dans l'adolescence.

Les réformes scolaires parachevaient la grande mutation : tous égaux, enfants, parents, professeurs. À cette période, je commençais à me dire que la société tout entière allait tirer nos filles vers le bas, les pervertir, saper le travail de fond que nous faisions pour les éduquer. Tout se liguait contre nous : les séries télévisées violentes ou trop sexuées, les jeux vidéo, la téléréalité, toutes les émissions avilissantes, la domination de la bêtise, le déclassement de tout ce qui relevait de la culture, de l'exigence, de la nuance, et la pudeur. On ne trouvait pas vraiment de contre-pouvoir à l'abêtissement général, au culte de l'image, de l'ego et du voyeurisme. Je me sentais démuni de vouloir défendre Zweig ou Balzac... Quelle publication, en dehors de quelques lecteurs vieillissants, vantait encore la valeur de la culture, l'amour de l'intelligence, l'histoire des grands hommes, la littérature, les arts, le théâtre ? Désormais, le premier de la classe n'était plus qu'un « boloss ». La fierté d'être ce que nous étions était devenue suspecte.

En somme, il fallait inventer des tactiques pour protéger nos filles de leur environnement. Ce ne serait pas sans conséquences. Mais l'élément déclencheur qui a fait que j'ajoute un soir l'article 8 sur le frigidaire a été effectivement une convocation par le principal du collège, alors que Sarah et Lucie étaient respectivement en 4e et 5e.

Cet homme respectait à la lettre les dispositions pédagogiques visant à éviter tout traumatisme naissant de la compétition. Dans cet esprit, les classements avaient été supprimés un mois auparavant, et les notes adaptées par un système à quatre couleurs. Le rouge demeurait le signifiant d'un « apprentissage incomplet » et le vert celui d'une « acquisition des connaissances », quoique ce choix ait fait débat au Conseil supérieur des programmes à propos du « caractère potentiellement stigmatisant des symboles de couleur », comme nous l'avait indiqué la lettre adressée aux parents.

Devant ce fatras, j'ai réagi en instaurant des contrôles de niveau le samedi matin à la maison. Cela m'a valu une convocation chez le principal. Je ne t'ai pas rapporté la totalité des propos que nous avons tenus ce jour-là, j'ai plutôt eu tendance à en minimiser la teneur. En réalité, j'étais très en colère. Je me souviens parfaitement de ce qu'il m'a dit et j'estime aujourd'hui que nos filles doivent savoir ce qui se tramait à cette époque, à quel point il nous fallait être vigilants pour préserver leur avenir. Oui, Lucie et Sarah, si vous lisez ceci, pensez-y quand viendra votre tour d'élever des enfants.

Ce jour-là, le principal s'est montré souriant et avenant. Il m'a accueilli « à la cool », les fesses posées sur le bord de son bureau.

— Vous savez, Sarah et Lucie sont remarquables, elles ont beaucoup de facilités, a-t-il attaqué.

— Des facilités, je ne sais pas. Elles travaillent beaucoup, c'est vrai, on les suit de près, ai-je répondu.

— Oui, elles montrent de l'intérêt, interviennent en cours, elles sont créatives, impliquées. C'est très bien, mais... vis-à-vis des autres enfants et des autres parents, elles sont un peu... un peu trop visibles.

— Que voulez-vous dire ? Nos filles se vantent ?

— Non, pas du tout, elles sont discrètes, prêtes à soutenir les autres élèves. C'est très bien, cet esprit de solidarité. Là n'est pas le souci... Le souci, c'est que vos filles leur ont parlé des contrôles que vous leur faites subir le samedi matin. Elles leur ont dit qu'elles n'avaient pas le choix. C'est un peu dictatorial comme méthode, non ? Comment dire ?... Il ne faudrait pas culpabiliser les autres élèves, vous comprenez ? Les enfants sont influençables à cet âge, il ne faut pas leur mettre n'importe quoi dans la tête.

— Ne vous inquiétez pas, nous contrôlons la situation. Et si nous les évaluons, c'est simplement pour vérifier leurs acquis de manière rigoureuse et les aider à travailler un point faible, le cas échéant. C'est pour leur bien. Du simple bon sens.

— Oh, le bon sens, vous savez, tout dépend du choix de la flèche !

Il a ri à son bon mot, puis a poursuivi :

— Croyez-moi, le collège se charge de tout, c'est même son devoir. La décision de simplifier les contrôles est issue d'une vaste réflexion d'experts pédagogiques au ministère, enrichie par notre expérience de terrain. Vous devriez y songer et nous faire confiance.

— Mais, en quoi cela vous gêne-t-il ? Nous sommes alliés, en quelque sorte.

— Alliés ? Mais, monsieur, ce n'est pas la guerre tout de même ! Personnellement, vos contrôles ne me gênent pas. Mais Sarah et Lucie, par leur attitude, sont un peu décalées et, surtout, « discriminantes ». Elles renvoient les autres à leurs propres manques. Sans le vouloir, bien sûr... Elles culpabilisent aussi les autres parents, d'une certaine manière.

— Donc, si je vous comprends bien, il faudrait que nos filles passent sous silence leurs travaux du samedi matin ?

— Disons qu'il serait plus raisonnable qu'elles n'en parlent pas. Sinon, elles vont finir par se créer des ennemis et par être embêtées. Il sera difficile de les protéger. Vous savez comment sont les enfants, on ne peut pas tout contrôler, la cour de récréation est leur espace d'expression, c'est un peu leur apprentissage de l'autorégulation et de la démocratie.

— Prenez garde que ce ne soit pas la loi de la jungle.

— Ne vous inquiétez pas. Notre enjeu, c'est que chaque élève s'épanouisse à l'école, qu'il s'y sente bien, dans l'égalité. C'est essentiel dans la formation de citoyens ; la compétition n'est pas une fin en soi, elle est même nuisible, regardez autour de vous. C'est pourquoi nous travaillons énormément le savoir-être, l'esprit de tolérance, le « grandir ensemble » en quelque sorte.

Il s'est alors rengorgé, pas peu fier de sa dernière expression, et l'a répétée comme pour lui-même.

— Oui... le grandir ensemble...

— Leur apprendre à lire, écrire et compter correctement, c'est aussi une belle ambition, non ? ai-je fait remarquer. Et il ne m'a jamais semblé que la recherche de l'excellence soit néfaste.

— Bien sûr. Chacun fait ce qu'il veut, mais il ne faut pas forcer les natures, les brusquer ou les mettre en situation d'échec par souci de perfectionnisme. Nous sommes également garants de l'épanouissement des enfants, vous devez le comprendre. Soyons ouverts ! Est-ce que c'est bien clair ?

Tout en parlant, il portait sur moi le regard paternel et condescendant de celui qui sait. Implacable, indéboulonnable, il était tout à fait évident qu'il ne pouvait imaginer une seule seconde avoir tort.

— Et puis, les protocoles de communication sont là pour organiser les rapports de tous, sans brusquer. C'est ça, l'égalité des chances ! a-t-il ajouté.

— Je ne sais pas. J'espère juste qu'on évite la complaisance dans le but de ne déplaire à personne. Ce serait une forme de démission.

— Nous évitons le conflit, monsieur, pour leur bien.

— J'ai bien peur que l'enfer ne soit pavé de bonnes intentions. Sans l'exigence, il me semble que ce sont les élèves faibles et les enfants de milieux populaires qui sombrent les premiers. Je le vois bien quand certaines amies de mes filles issues de milieux modestes viennent à la maison. J'ai l'impression que l'abandon de la sélection détruit tout espoir d'élévation pour ces élèves. Ils ont perdu toute chance de sortir par le haut, puisque le haut a disparu des radars et qu'il n'est ni encensé, ni assumé, encore moins récompensé. Il faut désormais être bien né pour réussir, fils de cadre, de professeurs ou de proviseurs, comme vous. Vous n'avez pas peur de ça ?

— Vous ânonnez du Finkielkraut, mon ami. Je connais tout ça. L'idéologie égalitariste produirait ce qu'elle prétendrait combattre. On nage en plein lieu commun. Les choses sont beaucoup plus complexes que ça. Et je n'aime pas ce procès d'intention. Restons-en là. Je ne voudrais pas que cela nuise à la scolarité de vos filles.

La menace étant clairement énoncée, je me suis juré ce jour-là de ne pas renouveler ce genre de discussion. Je n'avais pas le choix : il fallait composer avec les forces au pouvoir.

— Très bien. Je parlerai à mes filles pour qu'elles se montrent discrètes.

— Merci, merci de votre compréhension. Le dialogue entre parents et institutions est essentiel.

— Oui, le dialogue, bien sûr. Au revoir.

Voilà, les filles, vous savez tout. Je m'adresse à vous car c'est l'article 8 qui vous a façonnées. Sans lui, vous auriez pu être éduquées « par défaut ». Si on le laisse faire, le système abêtit, c'est aussi simple que ça. Aussi, peu après cet horrible entretien, nous avons décidé, votre mère et moi, de doubler le système, d'avoir pour priorité de susciter en vous un regard critique. Il suffisait parfois de vous désigner telle ou telle de vos amies, atteinte de lobotomie télévisuelle, de lassitude par absence d'exigence parentale, ou de boulimie de modes stériles. Parallèlement, il fallait vous éveiller à l'art, à la littérature, au goût de la connaissance.

Votre mère a été très présente pour vous, bien plus que moi, concernant les devoirs à la maison et auprès de vos professeurs. Sans elle, vous ne seriez pas celles que vous êtes. Vous lui devez tant ! Toutes ces années, lui ai-je seulement dit à quel point je suis fier de la façon dont elle vous a éduquées ?

Mon chéri,

Merci, c'est très gentil, ce que tu viens d'écrire. Et puis tu sais, quand tu revenais d'une discussion avec le directeur de l'école ou le principal, je n'avais pas besoin que tu me racontes en détail l'entretien pour comprendre que ça s'était moyennement passé. Oui, nous avons réussi à éviter aux filles une éducation par défaut.

Désormais, Sarah vient d'intégrer une école d'ingénieurs, Lucie survole sa licence de littérature. Nous sommes parvenus, en quelque sorte, à destination.

Et me voilà à présent en guerre contre moi-même, un esprit assiégé par sa propre chair. Je dois te l'avouer, je déteste ce corps que tu tentes encore d'amadouer. Moi, je n'essaie aucune sorte de conciliation. La thérapie de couple entre mon esprit et ma chair n'aura pas lieu.

En vérité, ces derniers jours, je suis acculée au plus près de mes murs de défense. Les douleurs musculaires, les vertiges, les rougeurs, tout ça se gère. Mais les troubles du rythme cardiaque me font paniquer. J'ai à chaque fois l'impression que la camarde tambourine à ma porte. Tu es parvenu à faire diversion en m'embarquant dans nos souvenirs, ces dernières semaines. J'ai fui le quotidien en réinventant avec toi notre parcours, en rationalisant une démarche en réalité beaucoup plus erratique qu'il n'y paraît. On a tissé, raccommodé et lié les faits, avec sincérité, mais comment rendre compte de l'incertitude des projets humains ? Cette incertitude, mon corps se charge de me la rappeler, même si les médecins essaient de me faire croire qu'ils maîtrisent la situation.

Le contrôle absolu n'existe pas. Avec notre Constitution, nous avons pourtant tenté de tordre le cou au destin et, sur le plan éducatif, j'estime que nous avons plutôt réussi. Tu as été présent, mon chéri, par ton autorité, ton amour du bon mot, ta manière de faire s'interroger Sarah par un argument logique ou Lucie par une métaphore. Quand Sarah reviendra vendredi, nous leur lirons à toutes deux ce passage.

Elles s'amuseront de savoir que c'est toi qui gérais cet imbécile de principal. Je leur raconterai comment, de mon côté, je gérais les professeurs. Avec eux, le courant passait sans peine, les rapports étaient constructifs et cordiaux. Eux aussi « subissaient », au bout du compte. Plutôt que de mettre en pratique ces blocs idéologiques qui leur tombaient dessus chaque année, la plupart appliquaient un pragmatisme efficace. À aucun moment de la scolarité des filles nous ne les avons désavoués devant elles. Ils nous en étaient reconnaissants, car il faut bien reconnaître qu'ils devaient composer avec d'autres parents revendicatifs qui leur demandaient des comptes, soutenaient coûte que coûte leur progéniture et se montraient parfois menaçants. La dictature des droits pose chacun en juge du travail de l'autre.

Pour ma part, je revenais de chaque rencontre parents-professeurs heureuse et fière ; nos filles se développaient harmonieusement, elles étaient curieuses et travailleuses, et échappaient aux modes imposées par les écrans omniprésents. Au fond, Sarah et Lucie sont devenues des résistantes à leur époque dès l'école élémentaire. Oui, très tôt. Par exemple, un jour, j'ai même lâché à Sarah, qui avait à peine six ans : « Tu sais, le mal et les méchants, ça existe, comme dans les dessins animés. Il faut faire très attention, partout. Et méfie-toi de ceux qui te disent que tu es une reine. »

Elle m'a répliqué : « Ben maman, ça me fait pas rêver d'être une reine. Les reines ont une vie pourrie, elles sont prisonnières dans leur château, les murs sont très hauts, elles voient pas la lumière. Ça donne pas envie. »

Pourtant, à l'époque, je doutais, je me demandais si nous avions raison de les éduquer ainsi. Seraient-elles armées pour le monde moderne ? En développant leur sensibilité, ne les rendions-nous pas trop vulnérables à la brutalité environnante ? En les ouvrant à l'amour de la culture, n'allaient-elles pas se découvrir plus tard anachroniques, décalées, inadaptées ?

Ton ami Arnaud ne manquait jamais une occasion de se moquer de nos principes éducatifs : « Sanctions-récompense, dictature de la note, tables de multiplication et poésies à connaître par cœur... Vous êtes d'authentiques réacs ! Vous vous croyez en 1950 ? Et le droit de l'enfant à s'épanouir ! Vous brisez l'élan créatif de vos filles ! Sans compter que vous y passez un temps de dingues ! » Tu lui répondais que c'était tout de même assez osé de tenir ce discours alors qu'il inscrivait ses enfants dans le privé.

Au final, les années qui précèdent l'adolescence ont été les plus heureuses de notre carrière de parents : un été indien, entre la petite enfance et l'adolescence. Car, ensuite... ç'a été une longue descente pour moi. Heureusement que nous avons eu l'article 9 pour béquille. Oui, c'est mon tour de te demander de censurer ce texte pour que les filles ne lisent jamais ce qui va suivre...

Article 9 :
Demeurer solidaires dans les décisions, face aux enfants.

Anaïs, ma chérie,

Ne t'inquiète pas. Nous avons créé l'article 9, cette injonction à la solidarité, précisément pour que chacun soit le soutien de l'autre le moment venu. C'est encore vrai aujourd'hui. Je devine que tu redoutes que l'on évoque l'adolescence des filles, qui a été une période douloureuse pour toi. Mais n'avons-nous pas été toujours solidaires ?

Je suis rassuré que tu aies évoqué ton corps ; je sais que tu ne veux pas te faire aider par un psychologue, mais au moins notre récit peut-il te permettre de te libérer un peu. Qui suis-je si je n'ai pas la force d'accepter ça ? Bien sûr, je préfère parfois rentrer une heure plus tard pour ne pas affronter les effets de cette maladie qui te mine, sur laquelle on ne peut toujours pas mettre de nom. Ne pas pouvoir nommer l'ennemi, c'est là sans doute le plus terrible, dans l'épreuve que nous traversons. Les blouses blanches le combattent en te gavant de cortisone, d'anti-inflammatoires. Je sais bien que la piste sur laquelle les médecins prétendent travailler n'a pas donné grand-chose pour l'instant, mais ils vont finir par trouver, il faut le croire. Et je suis là, comme Lucie, comme Sarah, avec toi. Oui, je suis là, comme j'ai été là lors de leur adolescence.

Peut-être devrions-nous raconter aux filles nos souffrances, celles qu'elles ont provoquées malgré elles, afin qu'elles comprennent tout ce que nous avons dû leur cacher pour leur bien. La plupart des parents enfouissent en eux des masses de sacrifices dans l'idée que leurs enfants s'en « rendront compte » plus tard, devant leur cercueil.

Oui, il faut leur dire qu'avec l'adolescence, le degré de difficulté du jeu de la transmission a sacrément augmenté ! Leurs hormones bouleversaient la donne. La mutation vers la puberté avait débuté pour Sarah et Lucie, et j'avoue que ça me plongeait dans un océan de perplexité. Les questions se bousculaient en moi : que sont devenues mes deux princesses ? D'où viennent ces formes qui arrondissent leurs corps ? Pourquoi refusent-elles désormais que je les embrasse ? Pour quelle raison ont-elles presque honte lorsque je les dépose en voiture au collège ? Pourquoi les discussions se chargent-elles d'orages contenus ?

Leurs chambres s'encombraient de fanfreluches, de maquillage, de magazines bourrés d'articles sur des chanteurs, ou des stars de cinéma bouffies d'elles-mêmes. Impossible d'éviter ça. Je désespérais. Aucune forme de cadrage ne semblait pouvoir résister à ce bouleversement.

Et puis, un matin, il y a eu le putsch. En descendant pour le petit déjeuner, j'ai remarqué sur le frigidaire une seconde feuille affichée au-dessous de notre Constitution : de nouveaux articles *à leur convenance*.

Au moins, elles n'ont pas osé arracher la nôtre, me suis-je dit, décontenancé.

Le règne du pouvoir unique et unilatéral des parents s'achevait. Dans ces articles complémentaires qu'elles avaient rédigés du haut de leurs quatorze et quinze ans, il était question du droit de se coucher tard, de sortir une fois par semaine jusqu'à 3 heures du matin, de partir une semaine par an en vacances avec leurs copines, de n'avoir elles non plus aucune obligation envers ta famille et la mienne, voire vis-à-vis de nous deux.

Si l'article 3 indiquait que l'enfant n'était pas roi, il n'y avait aucune raison que les parents le soient. Le principe d'égalité les autorisait à adapter les principes qui avaient régi la vie de famille en les tournant à leur avantage – ou, plutôt, en les neutralisant. Tout se valant, elles auraient donc autant de droits que nous.

Je dois avouer que je n'ai pas été très subtil : j'ai éclaté d'un rire cynique et méchant. J'ai décroché leur feuille sans égard avant de la jeter à la poubelle. Brutal.

« Non mais, pour qui elles se prennent ?! » ai-je maugréé.

Je n'avais pas remarqué que Sarah et Lucie m'avaient suivi en silence et se tenaient dans mon dos à l'entrée de la cuisine. Lorsque je me suis retourné, elles étaient raides, drapées dans leur robe de chambre tels des sénateurs romains, le visage fermé, humiliées, blessées. Sarah, d'une voix calme et posée, a entamé le réquisitoire :

— Nous avons écrit ça parce que tu es pire qu'un geôlier. On n'a pas le droit de sortir alors que nos copines peuvent aller au cinéma le soir.

— Mais non, Sarah, a lancé Lucie, indignée, notre seul droit est de suivre sa satanée Constitution.

— Et il dit quoi l'article 3, mes belles ? ai-je rétorqué.

— On n'est plus des enfants, papa ! Ouvre les yeux !

Elles ont continué sur ce ton. Je me suis arc-bouté. Je ne supportais pas qu'on porte atteinte à notre Constitution, je m'y accrochais comme à une bouée. C'est à cet instant que tu as débarqué dans la cuisine, effarée du spectacle que nous donnions. Tu détestais ces conflits, tu les fuyais. D'instinct, tu avais su gérer nos filles dans le paysage de l'enfance, en leur offrant ce dont tu avais été privée ; mais, face aux femmes qui naissaient, tu étais démunie. Tu n'as pas supporté. Tu es remontée dans la chambre. Pour la première fois, il y a eu des pleurs et des portes claquées. Nous abordions une période nouvelle.

Les premiers temps, Sarah et Lucie ont manifesté leur mécontentement par la stratégie de la chaise vide : plus un sourire, plus un mot agréable, plus de moments en commun. Déterminées, elles affichaient une froideur permanente.

Lorsque ta mère est décédée, il y a eu comme un sursis. Mais, quelques semaines plus tard, elles sont revenues à la charge. Elles ont alors totalement changé de stratégie et ont opté pour un travail de sape continu, alternant arguments fallacieux et opérations de séduction. Elles avaient compris qu'elles progresseraient par la négociation. C'est Sarah qui menait les débats :

« Comment voulez-vous qu'on fasse nos travaux de groupe si on ne peut pas aller travailler de temps en temps chez nos copines ? »

« Vous ne nous avez accordé aucune de nos revendications. Alors, à quoi ça sert qu'on vous rapporte des bonnes notes ? »

« Comment voulez-vous que nous puissions affronter la vie si vous ne nous laissez pas un peu d'autonomie ? »

Sur le principe de la séparation des tâches de l'article 2, toi et moi étions convenus que c'était à moi de gérer cette « négociation ». Avec le temps, je dois l'avouer, je me suis mis à faire des concessions, en vérifiant leur esprit de responsabilité. Chaque jour, Sarah alignait les arguments rationnels :

— C'est dans l'article 2 de la Constitution. Le principe est : gouvernement du peuple, par le peuple et pour le peuple. Donc, Lucie et moi, on a notre mot à dire !

— Nous ne sommes pas la République française !

— Mais une Constitution, c'est une Constitution. Et dans l'article 3, il est écrit que la souveraineté nationale appartient au peuple qui l'exerce par ses représentants et par la voie du référendum.

— Il y a toutes sortes de constitutions différentes, et certaines ne sont même pas écrites, elles sont « coutumières ». Au moins, avec nous, vous savez à quelle sauce vous êtes mangées !

— Arrête, tu n'es pas honnête !

Dans le même temps, Lucie jouait sur mes sentiments, me couvrait de baisers, me câlinait. Leurs offensives respectives lézardaient finement ma détermination par le chantage affectif et par de petites remises en cause sur des détails. Il fallut ouvrir deux lignes téléphoniques supplémentaires pour qu'elles puissent converser chacune avec leurs copines en toute intimité, leur octroyer un « réel budget » afin qu'elles puissent s'acheter leurs fringues, leur matériel scolaire, en somme pour qu'elles deviennent autonomes. Leurs mails nous étaient inaccessibles, leurs anciens comptes Facebook auxquels nous étions abonnés étaient désormais quasi inactifs et nous laissaient penser qu'elles traînaient sur un autre réseau social. Bref, de larges tranches de leur vie nous ont progressivement échappé. Elles savaient très bien comment amollir nos résolutions en mettant en valeur leurs excellents résultats scolaires, mais aussi en nous montrant qu'elles ne dépassaient pas les bornes.

Sarah jouait des rapports de force, comptait sur la lassitude pour me vaincre à l'usure, tandis que Lucie s'engageait dans de subtiles opérations de persuasion par le charme et la dialectique. Avec son corps de sportive, sa crinière blonde et son regard clair et déterminé, Sarah incarnait la guerrière courageuse, tandis que Lucie, cheveux courts et sombres, taille de guêpe, jouait encore sur la corde de l'enfance pour nous attendrir. La scientifique et la littéraire. Elles combinaient parfois leurs efforts pour créer la dissension entre nous, ouvrir une faille, s'y engouffrer. Mais là, je me rappelle que nous n'avons pas été dupes et que nous nous sommes empressés de placarder l'article 9 sur le réfrigérateur pour leur barrer la route. Demeurer solidaires dans nos décisions face aux filles, c'était la base. Et, je dois te l'accorder, tu as toujours soutenu mes décisions, même si tu ne les partageais pas complètement.

Le matin où elles ont découvert ce nouvel article, nos filles ont souri. Elles se savaient déjà suffisamment fortes, elles remportaient des victoires, gagnaient du terrain, malgré notre unité. Je m'en rendais compte avec un mélange de fierté et de crainte : elles étaient bluffantes de créativité dans leurs tentatives, affreuses dans les bouderies qui accompagnaient les refus, magnifiques dans les heures de réconciliation. Je lâchais du lest au fur et à mesure que je sentais l'esprit de responsabilité se combiner avec les nouveaux espaces de liberté qu'elles revendiquaient. Il fallait simplement les aider à calmer et à canaliser ce jaillissement pour qu'émerge l'être civilisé en elles.

La lutte a duré deux bonnes années. Je traquais en moi l'envie de paix coûte que coûte, tous ces pièges que l'égoïsme ou la lâcheté me tendaient. Toi, tu me soutenais, à l'arrière du front. Jamais je n'avais imaginé qu'être exigeant puisse me peser autant ; l'impopularité souvent, les pleurs parfois, notre foyer transformé en champ de bataille. Souvent fusaient les mots de l'adolescent qui ne mesure pas les blessures qu'il inflige : « Jamais vous ne nous avez aimées ! Sinon, vous nous feriez confiance. » « Tu nous empêches d'exister par nous-mêmes. » Ou, plus simplement : « Je vous déteste ! »

Dans ces moments de crise, je devais cacher mes affects car qu'aurait valu ma crédibilité si j'avais laissé paraître mes doutes ou mes déchirements intérieurs ? Notre vœu à tous les deux, ma chérie, était simple : pouvoir prendre à nouveau nos bébés dans nos bras, les voir sourire, vulnérables, les sentir nous aimer, les embrasser, constituer à nouveau une famille soudée. Mais nous devions renoncer à ces bonheurs-là.

Les vacances en Turquie puis celles de l'année suivante, en Espagne, ont été torpillées par les crises d'hystérie de Lucie et les portes claquées de Sarah. En Turquie, elles ont fugué pour retrouver deux gamins qui voulaient leur montrer la boîte de nuit locale. J'ai intercepté à 1 heure du matin le convoi de mobylettes. « Toi et maman, vous nous prenez pour des enfants. Vivement qu'on se casse ! » ont-elles hurlé sans un remords.

Un an plus tard, en Espagne, je les ai surprises en plein après-midi avec deux petits cons qui leur faisaient fumer des joints en promenant les mains sur leurs seins. « T'es vraiment obsédé, tu vois le mal partout, on sait se défendre », a réagi Lucie.

Au cours de ces deux longues années de tensions, ma mère nous a bien aidés, il faut le reconnaître. Elle les a souvent accueillies dans son appartement le week-end pour que nous soufflions, n'aspirant qu'à profiter d'une soirée de répit. Les filles revenaient le dimanche soir, apaisées. J'ai cherché à comprendre la méthode de ma mère. « Que crois-tu, mon fils ? m'a-t-elle dit. Je leur fais fumer un peu d'herbe dès qu'elles débarquent, ça les calme tout de suite. Et puis on va se boire une ou deux bières à la terrasse d'un café branchouille de la rue de Bretagne. Elles se font belles, je les aide, et on mate tous les beaux mecs jusqu'à 21 heures. La plupart sont homos, cultivés et délicats, il n'y a pas lieu de s'inquiéter. »

En réalité, ces paroles sonnaient comme une posture, et je devinais que son statut de grand-mère avait transformé ma mère. Je crois même qu'elle aimait la manière dont nous avions éduqué Sarah et Lucie jusque-là. Elle me l'avait avoué, elle constatait chaque jour, dans le métro, le bus, et même dans son quartier surprotégé, que les incivilités se multipliaient, qu'on la bousculait sans égard, que des gamins de douze ans l'insultaient sans se gêner. « L'éducation sans éducation a ses limites, concluait-elle, il va peut-être falloir reciviliser une génération entière, si quelqu'un a les couilles de s'y atteler. »

Qu'a-t-elle fait avec nos filles ? Sans doute a-t-elle bu ces bières avec elles, fumé ces joints, elle leur a peut-être aussi expliqué comment utiliser un préservatif. Elle a fait cet effort de dialogue que j'aurais dû entamer mais que, par pudeur, je ne parvenais pas à initier. Je sais par Lucie, qui me l'a raconté, qu'elle leur a parlé de coke, d'héroïne, des tournantes, des regards de travers qui dégénèrent en séjour à l'hôpital, des pervers sur les forums, des salauds en tout genre. Les dangers sur les écrans et dans les rues se sont multipliés sans que la société daigne protéger ses enfants, tout engluée qu'elle est depuis des décennies dans l'idéologie du « laisser-faire ». Nous, parents, on s'adaptait comme on pouvait. On pratiquait l'autocensure, l'évitement, selon le quartier, l'horaire, les moyens de transport. Les filles avaient interdiction d'aller dans certaines banlieues et dans certains quartiers le jour de la Fête de la musique, le 14 juillet ou les jours de match de l'équipe de France. La civilisation perdait du terrain et la prévention opérait un apartheid de fait. Mais nous avions de la chance, Sarah et Lucie étaient naturellement prudentes, et, sans pour autant le reconnaître, elles suivaient nos conseils. Peut-être même avaient-elles expérimenté les agressions verbales ou les petits harcèlements de la rue.

Aujourd'hui, je mesure l'importance de l'appui de ma mère pour éveiller nos deux filles aux dangers. Sarah et Lucie ont pleuré en lisant *Moi, Christiane F., 13 ans, droguée, prostituée,* qu'elle leur avait recommandé. D'autres lectures et quelques films trash ont certainement renforcé cette lucidité. Mais Lucie a toujours eu besoin de se confronter au réel. Je l'ai compris tardivement ; par nature, elle n'aime pas extrapoler, elle a besoin de frôler physiquement le danger, ce qui est toujours pour moi une source d'inquiétude. À seize ans, elle a avoué à ma mère qu'elle sortait avec un mordu de shit qui roulait son premier joint à 8 heures du matin, en alignait quinze dans la journée pour se finir derrière une console de jeux jusqu'à 3 heures du matin. Un gars doux, elle l'a aimé comme on aime son nounours, elle a essayé de le sauver, bien sûr. Elle a échoué et l'a quitté, meurtrie mais résolue. J'ignore comment ma mère y est parvenue, mais je suis convaincu qu'elle l'a guidée, à cette période. Si nous l'avions su, je ne suis pas sûr que nous aurions bien réagi.

Un jour, sur son lit d'hôpital, ma mère m'a dit :

— Franck, je suis tellement fière de Sarah et Lucie. Tu sais, j'ai bien conscience que ce sera plus dur pour elles que pour moi. Je crois que ma génération leur laisse des dettes et une machine un peu cassée...

— Tais-toi, maman, tu les as déjà bien aidées, ai-je répliqué.

Au fond, Sarah et Lucie ont eu une adolescence ordinaire, en dépit de nos frayeurs. Et grâce à leur sens des responsabilités, j'ai pu leur lâcher la bride sans trop de crainte. C'est l'environnement qui s'est considérablement dégradé, si l'on compare la situation actuelle à celle qu'a connue notre génération. Un des jumeaux d'Arnaud a fini récemment à l'hôpital après un racket qui a mal tourné. Il n'a pas de séquelles physiques, mais il est désormais incapable de marcher dans la rue sans trembler. Arnaud n'en revient pas, lui qui nous répétait sans cesse qu'il ne fallait pas céder au « sentiment d'insécurité ». Pourtant, c'est statistique, les jeunes sont les premières victimes de ce glissement. Nous avons eu de la chance que nos filles soient prudentes. Une sacrée chance.

Franck,

Je sais ce que nos filles doivent à nos mères. Je me rappelle comme elles ont été marquées par leurs décès à un an d'intervalle. La mort est entrée brutalement dans leurs vies, et dans la mienne. L'AVC ne m'a pas laissé le temps de dire au revoir à maman. Elle a fait une chute dans la cuisine de son petit F2, un 15 août, et elle est demeurée sur le carrelage pendant deux longues journées avant qu'un voisin ne s'inquiète du silence.

Il a fallu rentrer précipitamment de vacances pour l'enterrer. Un enterrement à son image, discret, effacé, presque irréel. Sans les renforts que ta mère avait tenu à réquisitionner, nous aurions été à peine cinq ou six personnes. Jamais je n'ai mesuré aussi intensément la solitude de ma mère. Jamais je n'ai tant haï mon père. Heureusement, chacun de tes gestes maladroits nous a divertis : le pot de fleurs qui est tombé sous ton coup de coude, un des tréteaux soutenant le cercueil à l'église que ton pied a fait reculer, mettant en péril son équilibre, l'eau qui a coulé sur tes chaussures quand tu as renversé le bénitier.

J'ai regardé ta mère. Elle semblait perdue, en fin de course, et, sous 40 °C, son fond de teint et son mascara se transformaient en mixture terreuse sur ses joues. Des larmes de charbon qu'elle essuyait avec discrétion. Je crois que ce jour-là j'ai commencé à l'aimer, pas uniquement en tant que grand-mère de nos filles – une bonne grand-mère –, mais aussi en tant que femme. Je ne pouvais pas m'empêcher de penser qu'elle aussi songeait à sa propre fin en observant ce trou béant au cimetière.

Les mois suivants, je me rappelle être restée prostrée devant des feuilles que je ne parvenais plus à colorier. Et je vais même te dire : pour la première fois de ma vie, j'ai cherché en cachette à retrouver mon père, à savoir ce qu'il était devenu. J'ai découvert sur Google qu'il avait connu les sommets de la gloire chez Amber Capital, un *hedge fund* à New York, quelques années après m'avoir abandonnée. Puis, dix ans plus tard, il a été condamné pour délit d'initié. Il s'est retiré avec une fortune tout de même estimée à quelque trente millions de dollars, d'après ce que j'ai lu. J'ai trouvé une trace de sa présence en tant que donateur privilégié de The Colorado Free Community, une association s'affirmant l'héritière de l'esprit hippie des années 1970. Je suis aussi tombée sur un blog en guerre contre cette communauté qui valoriserait – et expérimenterait – l'amour libre entre membres. Pas net.

J'ai envoyé un mail pour être mise en rapport avec lui, sans trop y croire. Au fond, je regrette de n'avoir pas demandé à ma mère ce qui s'était passé dans leur couple. Si elle n'a jamais cherché à trouver un autre compagnon, c'est probablement parce qu'il l'avait dégoûtée des hommes. Restent ces songes, ces cris et ces images qui habillent mes cauchemars. Oh, n'aie crainte, je ne pense pas avoir subi des actes… Mais cet homme a bousillé mon enfance.

Quelques semaines sont passées et j'ai oublié ma tentative. J'ai voulu faire le point avec moi-même, et j'ai trouvé le vide, le vide et le manque. Je me suis isolée.

À cette époque, j'étais coupable, j'annulais la plupart du temps nos soirées du vendredi. Tu t'y résignais gentiment. On se relâchait, on ne respectait plus à la lettre nos articles de loi. Nous commencions à vivre un peu chacun de son côté. Les réunions du dimanche soir avaient disparu. Tu décidais effectivement de quasiment tout. Je te rassurais en te disant que j'avais besoin de solitude et de paix depuis le décès de maman. Les rares moments où nous sortions, nous privilégiions les bonnes tables aux bars de quartier, nous abandonnions tout esprit d'improvisation, la cinquantaine triomphait en toi, tout comme l'amour du confort.

La bonne bouffe comme thérapie m'a coûté cher : dix kilos de trop et des bourrelets ! Tu vas me dire que ce n'était pas grave, nous ne faisions plus beaucoup l'amour. Eh bien, sache que cela ne me manquait pas, et j'espère bien te vexer ! Pire, je m'en félicitais presque ; je pensais qu'en prenant le contrôle de mes désirs je pourrais accepter l'usure du temps, ne pas être blessée que mes plus belles années soient dans le rétroviseur. Au final, disons-le, nous nous arrangions, toi autant que moi, de cette absence de désir. Nous nous rassurions à coups d'entrée-plat-dessert gastronomique. La nourriture dans la bouche remplaçait le mélange des salives.

Toi, en même temps que tu contrôlais nos filles en effervescence, tu te ruais au travail, tu remplissais ton emploi du temps, tu justifiais ton manque d'attention par la nécessité de constituer une épargne pour les futures études des enfants.

J'étais plus lucide. Je voyais notre échec s'étendre comme une carie. Depuis la mort de ma mère, je constatais que notre Constitution s'était enlisée, que notre résistance s'effondrait – une seconde crise, non face à un ennemi agressif et puissant comme Hélène, mais en raison de l'irrépressible et sournoise érosion du temps. Je ne te plaisais sans doute plus trop. Au-delà de l'infâme travail de sape des habitudes, comment aurais-je pu te séduire tandis que les rides envahissaient mon front, que ma peau se détériorait, que mon corps stockait irrésistiblement ces kilos et que mes cheveux perdaient leur éclat ?

Simple et sans appel. Au bout de seize ans d'union, j'étais persuadée que je ne pourrais plus lutter contre toutes les Hélènes du monde entier. Il fallait bien l'admettre, j'étais devenue une compagne triste et tu ne t'y trompais pas. Tu m'épargnais en esquivant délicatement toute discussion sur l'état de notre couple. À l'époque, ce sombre et lucide réquisitoire contre moi-même qui se répétait chaque matin m'a fait perdre ma légèreté d'esprit.

Conformément à l'article 9, nous avions été solidaires dans les épreuves. Mais que restait-il ? Qui étais-je encore, alors que je flottais depuis la mort de maman ? Et mon père qui m'obsédait à nouveau...

Pourquoi n'as-tu pas compris que tu vivais à quelques mètres d'une femme totalement abandonnée ? Pourquoi n'as-tu pas réalisé que j'étais devenue vulnérable ?

Et si on inventait un nouvel article ?
Pardonner et se pardonner à soi-même.

Ma chérie,

J'ai une idée : il faut inventer un nouvel article, celui du pardon. Voilà ce que je te propose : « Pardonner et se pardonner à soi-même. » Je vois bien que tu promènes une tête épouvantable dans l'appartement, tu traverses le couloir comme un condamné à mort, tu traînes les pieds de la cuisine au salon, tu envoies chier ta fille. Ça devient invivable. On s'inquiète, Lucie et moi, on en parle.

Tu es trop exigeante, voilà tout, tu voudrais un monde parfait. Nous avons eu nos faiblesses, il faut les assumer, c'est tout, je l'ai compris en écrivant ce récit, en osant te parler d'Hélène. Tu ne dois pas t'en vouloir d'avoir sombré dans la dépression pendant deux ans à l'adolescence des filles. Comme tu me l'as rappelé, j'ai moi-même été peu présent lorsqu'elles étaient bébés. Nous sommes quittes ! Tu as géré la petite enfance, moi l'adolescence ! Alors cesse de t'en vouloir, s'il te plaît.

Tu devrais te remettre à dessiner. Ce serait comme une victoire, une étape de franchie, des couleurs contre le gris de notre existence depuis que ton étrange maladie s'y est incrustée. Mais j'ai beau poser tes crayons et les épaisses feuilles Canson sur ton bureau, rien ne vient. Je les retrouve, plus tard, inutilisés et soigneusement rangés.

Je déteste aussi ta manie, depuis quelques jours, de mettre de l'ordre partout, de vider la cave, de faire des cartons sur lesquels tu inscris au marqueur le contenu : « Jouets bébé », « Livres ado », « Cuisine », etc. Lucie déteste ça elle aussi. Tu me dis que ça te fait du bien, que c'est une manière de contrôler les choses.

Voilà pourquoi j'ai pensé que cet article bonus, né de nos échanges, de ce jeu de confession que nous alimentons depuis plusieurs mois, sera le plus beau de notre Constitution. Tu l'appliquerais pour l'épisode avec Hélène, et moi je pourrais l'appliquer pour le séjour que nous avons fait à Florence, en pleine adolescence des filles. Car contrairement à ce que tu écris, s'il y a un moment où j'ai compris que tu n'allais pas bien, c'est à Florence. Reconnais que tu as été odieuse : le premier soir, au restaurant *Borgo San Jacopo*, tu m'as balancé que la Constitution avait échoué, qu'elle ne pouvait lutter contre l'usure des ans, contre la lassitude, contre l'effet des habitudes. Nous avons dormi dos gelé contre dos gelé.

La veille de notre retour, sans le laisser paraître, je me suis senti gagné par ce fatalisme dépressif que tu m'avais perfusé. Tu n'avais peut-être pas tort, ai-je songé, notre couple achevait sa course. La légèreté s'était épuisée dans les combats quotidiens. Nous semblions avoir réussi notre parcours, et pourtant ce jour-là, à Florence, tu me révélais une réalité, brute, implacable : l'amour ne se décrète pas, le désir encore moins. Amour et désir se diluent dans le temps aussi sûrement que notre famille s'est forgé des milliers de souvenirs heureux. Au terme de seize ans de vie commune, le destin nous présentait la note : l'éducation de nos filles était certainement un succès, notre vie de famille avait été heureuse à 90 %, mais notre couple se mourait de tant d'efforts. Nous étions las l'un de l'autre, nous avions brûlé notre énergie sur l'autel de notre gouvernement de couple. Notre Constitution avait instauré des devoirs sans contrepartie. Elle n'avait été qu'efforts et sacrifices, lucidité et esprit de décision. Elle nous avait obligés à pister les dangers, les créant à force de les redouter.

Au final, quelle place restait-il à notre sensibilité ? Où était l'homme délicat et attentif que j'avais été à nos débuts ? et ta douceur ? et ta tendresse innocente ? Par souci d'efficacité, le sérieux avait conquis chaque recoin de notre être, la Constitution avait glacé nos cœurs. Nous étions devenus des politiciens du délit conjugal. Oui, là était l'échec. À Florence, finalement, tous tes arguments m'ont touché, mais je suis resté de marbre, j'ai nié, argumenté, je n'ai rien lâché. J'ai joué le combat, la résistance, l'optimisme. Je crois bien que je nous ai sauvés alors que, dans mon for intérieur, je faisais le même constat que toi. Nous ne sommes pas passés loin de la catastrophe.

Mais en m'opposant à toi je gagnais du temps. Tu as écrit : « Parfois, je me demande si, finalement, tu n'aimes pas davantage notre projet de résistance que moi-même. » C'était tout à fait ça, à Florence. Je me refusais à rejoindre la cohorte des couples séparés ; l'idée que mon combat contre Hélène ait été inutile, que tous nos efforts depuis la naissance des enfants aient été vains me révoltait.

C'est une crise, une crise à contenir, me suis-je répété jusqu'à notre retour.

Dans une ambiance désastreuse, nous sommes rentrés à Paris. Le soir même, je t'ai demandé d'attendre un peu avant de prendre une décision définitive. Et curieusement, tout s'est apaisé. Le cours de la vie a repris, comme si l'épisode de Florence n'avait été qu'un mauvais rêve. Et là, j'ai commencé à m'interroger. J'ai cherché les raisons de ton attitude à Florence ; durant plusieurs semaines, je me suis secrètement demandé si tu n'avais pas une aventure. Quelque chose t'avait bouleversée...

Avec rage, pour la première fois de ma vie, je me suis mis à fouiller régulièrement ton bureau, ton sac à main... tout, quoi, et je n'en suis pas fier. Tu vois, toi qui voulais des confessions, toi qui te sentais mal à cause d'une culpabilité exagérée, voilà qui te dédouane. La jalousie m'a avili...

Chaque jour, je tentais de canaliser ces doutes qui me rongeaient. Sans cesse, des voix malsaines me conjuraient d'enquêter, de te suivre, de mettre au jour un indice. Parfois, je consultais en douce ton portable, ou bien je jetais un œil sur les mails affichés à l'écran en passant derrière toi. Je reconstituais secrètement ton emploi du temps en pistant la moindre incohérence. Rien, je ne dénichais rien. Cette obsession m'ôtait le repos.

Ma mère, toujours en alerte, me titillait :

— Tu es jaune ces temps-ci, mon fils. Tu as le regard fuyant. Ça ne va pas ?

— Je gère, maman !

— Fais attention, mon garçon, on récolte ce qu'on cultive. Tu bois trop ?

Je me rappelle avoir appelé Arnaud, qui était en instance de divorce d'avec sa comptable.

— Arnaud, je deviens fou, j'ai peur qu'Anaïs me trompe. Je n'arrête pas de chercher une preuve.

— « Au début d'une aventure, le cocu y est toujours pour quelque chose », a dit Guitry.

— Tu n'es pas drôle, je parle sérieusement !

— Mais dis-moi, elle n'est pas inscrite dans votre Constitution, l'interdiction de tromper ?

— Non, c'est une évidence...

— Mais une petite entorse au règlement ne va pas remettre en cause votre beau parcours. Et c'est un expert qui te le dit...

— Je deviens suspicieux, c'est moche.

— Je comprends. On vieillit, mec, ça devient plus dur de se recaser sans argent. À défaut d'abdos, faut du cash si tu veux baiser. C'est pour ça que je bosse comme une mule et que je défonce les petits cons qui essaient de me piquer ma place au boulot.

— T'es bête !

— Et si on se barrait de Paris ?

Quelques heures plus tard, nous roulions vers Le Touquet. Je t'avais laissé un mot pour t'expliquer qu'Arnaud et moi improvisions un week-end pour le fun. Je n'allais pas t'expliquer que je fuyais ma jalousie...

Je me rappelle ce trajet, dans un paysage gris et humide, les champs plats de Picardie qui se succédaient le long de l'autoroute. Au fur et à mesure que nous nous éloignions, je me calmais et, surtout, je mettais notre histoire en perspective. Une vue panoramique, après des années de plans serrés.

J'ai vécu, pendant ces deux jours, un sincère retour à l'insouciance avec Arnaud. On riait pour un rien, j'oubliais le poids des devoirs et les charges du futur. Arnaud ressentait la même légèreté ; nous nous demandions comment nous avions pu accepter d'oublier ces petits bonheurs-là, et nous nous sommes juré de recommencer.

En revenant à la maison, j'ai compris que j'étais guéri. J'étais heureux de revoir notre foyer. En prenant simplement un peu de distance, j'avais réussi à me délivrer de ma jalousie. Une jalousie que tu vas me pardonner, comme te l'impose le nouvel article que je viens de te proposer !

Mon pauvre amour, comme nous sommes décalés ! Comme je crains ce moment depuis le début de ce récit ! Comme le malentendu me terrifie ! Tu t'en veux de ta jalousie – un comble ! C'est à toi de me pardonner, crois-moi, et c'est fou que tu aies eu l'idée de cet « article bonus » précisément maintenant, à ce stade de notre récit.

J'ai déposé le portable sur ton lit ce soir, et j'avoue que cela m'a coûté. À plusieurs reprises, je suis revenue pour le reprendre. En remontant dans ta chambre après ton film, tu découvriras ce que j'ai écrit, mais je me serai bourrée de médicaments pour sombrer dans le sommeil. Peut-être qu'à mon réveil tu m'en voudras pour toujours. Tu sais, si tu avais craqué avec Hélène, je suis convaincue que nous serions toujours ensemble. Tu aurais porté ta culpabilité pour prix de ta pénitence, comme je porte la mienne depuis des années. J'espère que tu ne m'en voudras pas de briser le silence aujourd'hui.

Je sais bien que le véritable pardon est une espèce en voie de disparition. Non que les gens ne pardonnent pas ; au contraire, depuis des années, ils se vautrent dans le compassionnel, ils pardonnent aux bourreaux par incapacité de châtier, surtout parce que ça ne les touche pas directement – ça ne touche que des victimes prostrées, lointaines et silencieuses. Oui, ils pardonnent à tout-va, par lâcheté essentiellement, émasculés qu'ils sont. La victime croise avec terreur dans la rue son agresseur le lendemain des faits ; c'est l'indifférence, l'incapacité contemporaine à la rectitude, qui se cache derrière cette extrême tolérance maquillée en pardon.

Pourtant, le pardon sincère est tout autre chose et ne supprime en rien la sanction. Je suis la première à le savoir, mon repentir me bouffe les entrailles chaque jour, une punition au long cours, et parfois je me demande si ma maladie n'en est pas la conséquence. Car la culpabilité me travaille depuis des années. Cette fois, l'heure est venue de parler. Je suis un fantôme qui doit raconter ses secrets.

Tout cela est assez banal, au fond. La mort de maman m'avait arraché ma seule famille au monde. Le temps devenait l'ennemi, j'étais la prochaine sur la liste. Pour ajouter à cela, l'adolescence de nos filles me bouleversait ; leur peau parfaite, leur insolente exubérance, la vitalité de leurs cheveux, leurs sourires qui s'apprêtaient à devenir une arme de séduction, en somme la vie explosait en elles. Je comparais. Je m'observais dans la glace et les rides que je découvrais, ma peau terne, les cernes à masquer chaque matin, tout me signalait que, pour moi, les belles années étaient révolues, un trésor évaporé dans une inconscience absolue. Je n'étais plus qu'une vieille, travestie à coups de cosmétiques. Je calculais le nombre de mois que j'avais sacrifiés à notre famille, toutes ces années passées à gérer vos repas et vos activités à tous (car je te mettais à juste titre dans la liste de mes redevables). L'ingratitude de nos deux adolescentes me rendait amère. Je dois t'avouer qu'il m'est arrivé de les détester, mes propres filles... du moins je l'ai cru. (Si elles me lisent, qu'elles s'appliquent l'article bonus...)

Alors, à défaut de récupérer ma jeunesse, j'ai décidé que j'allais m'offrir le droit de plaire à nouveau. Tu te doutes que ma conscience a trouvé cet arrangement opportun. Je n'imaginais pas qu'en agissant ainsi je vivrais les années suivantes endettée, oui, endettée à vie. Déjà, j'imagine la panique dans ton esprit, et tu finiras même par te dire que tu aurais dû te taper Hélène plutôt que de te faire des nœuds au cerveau.

Tu supposais, comme tous les maris, que je ne pourrais pas être attirée par d'autres hommes ? Mère, j'étais présumée innocente à vie, c'est ça ? Orgueil et aveuglement masculins ! Une mère n'a plus d'envies ? Et pourtant, j'ai cédé, peu avant notre voyage à Florence. Tu comprends à présent pourquoi j'ai tant insisté pour savoir si tu avais couché avec Hélène. Ça m'aurait bien arrangée. Calcul mesquin, mais réel. Match nul, en quelque sorte. Mais non, malheureusement tu n'as pas été capable de la culbuter, il a fallu que tu résistes !

Moi, je n'ai pas su résister à un inconnu : la soixantaine grisonnante et une allure de lord anglais. Il déjeunait tous les midis à la petite brasserie où deux collègues et moi-même avions l'habitude d'aller, à proximité du bureau. On se zieutait longuement, c'était là une première trahison. Puis il m'a abordée. Notre différence d'âge m'a rassurée, ou plutôt dédouanée d'un examen de conscience qui m'aurait alertée quant à l'attirance virile qu'il exerçait sur moi. Cette force tranquille et maîtrisée me séduisait. La force d'un père, bien sûr.

Avec lui, j'ai pu parler abondamment, je me suis livrée, j'ai raconté ma vie, mon enfance volée, mes souffrances de mère. Je me sentais une petite fille abandonnée en totale confiance. Avec toi, je ne parlais plus de rien. Tu étais très occupé par les filles et tu te souciais peu de moi. Et, comme toi, je pensais qu'il valait mieux « ne pas tout se dire ».

Mon inconnu m'a invitée à déjeuner en tête à tête, sous l'œil complice de mes deux collègues. Deuxième trahison.

C'est devenu un rendez-vous attendu, espéré, une succession de discussions sincères comme deux inconnus peuvent en avoir, avec la certitude que l'un ne croisera jamais l'entourage de l'autre. Nous n'avons échangé ni adresse mail ni numéro de téléphone, et c'était là, je m'en rends compte, une manière de rendre notre liaison clandestine. Seul le déjeuner au restaurant tissait ce lien fragile entre nous, et c'est précisément cette fragilité qui nourrissait le suspense artificiel de notre relation. L'absence de cet inconnu me paniquait. Quand j'étais seule à déjeuner, je l'imaginais malade, blessé ou déserteur.

Cet homme était attentionné et flatteur. J'ai adoré ce jeu de séduction en accéléré, hésitant et conquérant à la fois, et je humais ce vent de trahison comme une folle. Au bout de six mois de rencontres, il m'a proposé de me montrer d'anciens instruments de dessin qu'il avait achetés lors d'un récent voyage en Inde. Je crois avoir mis cinq bonnes minutes avant de répondre, non par hésitation devant cet hameçon trop évident, mais, égoïstement, pour mesurer ce qui renaissait en moi. Dès que nous avons pénétré dans son appartement, il m'a serrée dans ses bras d'une façon presque mélodramatique. Le plaisir orgueilleux de me laisser subjuguer a conduit au désastre. Oui, je dois l'avouer : du grand n'importe quoi.

Avant de partir, je lui ai murmuré à l'oreille qu'on ne se reverrait jamais. Je me suis rhabillée et j'ai quitté la pièce. Il n'a jamais cherché à me revoir, il a déserté le quartier ; je suis certaine qu'il a mesuré quel type de destruction il pourrait causer. Un être délicat, j'ai eu de la chance.

De mon côté, je dois l'avouer, j'ai désiré le retrouver, peut-être davantage pour nos conversations que pour l'étreinte. J'étais assoiffée d'attention. Je l'ai cherché des semaines entières, je l'ai attendu des heures dans notre restaurant. J'ai adoré sentir près de lui le souffle d'un peu de folie. De là vient sans doute la profondeur de mon remords : j'ai cru être amoureuse.

« Il était si facile de croire que recommencer une histoire, c'était remonter le temps, remettre les compteurs à zéro, retrouver le souffle de sa jeunesse », ai-je écrit dans ces pages lorsque j'ai évoqué la pièce de théâtre et le film qui nous dédouanaient de tenter l'aventure. J'en étais là... précisément là.

Au sortir de ce jeu dangereux, j'ai été tentée par la stratégie de la terre brûlée. À Florence, je t'ai fait payer ma rage et mon infidélité. Voilà pourquoi tu as subi une sorte de double peine. En te blessant, en mettant à terre notre couple, je me sentais mieux. Je voulais rompre pour que tu me méprises. Tu as tenu bon, tu as tenu pour nous deux, ô mon pilier.

Je t'en suis reconnaissante. Jamais je ne t'ai tant aimé, Franck. Jamais je n'ai autant senti la puissance de notre engagement, de notre résistance, de ce serment de bagarreurs qui nous unit depuis le début. J'ai maté mon désir en me répétant que je n'étais pas obligée de suivre les traces de mon père.

Je me suis juré d'emporter ce secret dans la tombe, je me suis répété qu'il aura été nécessaire à notre long voyage. Mais quand tu as proposé qu'on écrive ce récit, j'ai compris que cela m'obligerait à briser ce serment. Nous y sommes. Je vais aller dormir. Je pensais que ça me ferait du bien de tout te dire, mais à présent je me sens tout à fait vide et tout à fait seule.

Ma pauvre Anaïs,

Quand tu liras ma réponse, je serai sorti pour une longue marche. Je ne t'en veux pas tant que ça, et surtout, si j'ai proposé qu'on ajoute maintenant à notre Constitution l'article du pardon, c'est bien pour faire l'effort de le mettre en pratique. Mais pourquoi m'écrire les détails ? Je n'ai rien demandé. Je ne voulais pas les connaître.

Ce qui me touche, c'est surtout que tu aies préféré cet homme à moi en tant que compagnon et confident. Votre amitié et votre proximité affichées devant tes collègues, ces rendez-vous attendus, ces circonstances, tu aurais pu me les éviter. J'endosse ce coup-ci le costume de la victime.

Je vais aller marcher un peu, ça ira mieux ensuite...

Aucune idée noire ne résiste à une très longue marche, a dit je ne sais plus quel philosophe qui arpentait la muraille de Chine.

Franck,

J'ai tout relu. Personne ne doit le savoir. On va détruire ce passage, le sabrer à la hache. J'ai trop honte.

La nuit dernière et toute la journée, d'effrayantes images ont envahi mon esprit, des couples se déchirant, des enfants en pleurs, des femmes frappées par leur mari. « Le besoin de sexe détruit tout pour quelques secondes d'extase », m'a hurlé une voix d'outre-tombe.

Puis me sont revenus en mémoire les souvenirs délicats de nos étreintes, nos mains tendues l'une vers l'autre. J'ai compris. La voix se trompait : le sexe est innocent. C'est au contraire chaque fois que notre couple n'a plus osé l'union des corps que nos esprits ont pris des risques.

L'envie de plaire, voilà peut-être le coupable, même s'il y avait surtout pour moi à l'époque, lors de ma « faute », le besoin de parler, d'échanger. Pardonne-moi.

Anaïs,

Ce soir, quand je suis rentré dans l'appartement, j'ai été étonné puis inquiet du silence total qui régnait. J'ai même été saisi d'angoisse, et je me suis reproché de ne t'avoir donné aucune nouvelle de la journée.

Quand j'ai pénétré dans la salle de séjour et que je t'ai vue, de dos, ombre chétive dans la pénombre, j'ai été soulagé. Penchée consciencieusement, avec pour seule lumière une bougie, tu dessinais sur du papier Canson de format A3. Et si tu dessinais, c'était pour échapper à la réalité, à ta peur de l'abandon, et à mon jugement. Tu dessinais comme en attente d'un verdict. Quel verdict ? Qu'as-tu imaginé ? Que je ne reviendrais pas ?

Bien sûr que ton texte m'a blessé, et ma réaction première a été de te balancer quelques reproches. Mais quel sens aurait notre résistance si nous n'avions pas été blessés tous les deux au combat ? La quête de la perfection peut transformer n'importe qui en un intégriste sévère. Le rêve de pureté n'est-il pas une manière de se croire meilleur que les autres, « supérieur » aux autres couples ? Une posture « morale » pour demander des comptes à tout le monde. Au final, une fois que nous avons failli chacun de notre côté, notre résistance n'est-elle pas devenue plus sincère, plus humaine, délivrée du fantasme de l'absolu ?

Tu vois, je me garderai bien de juger le parcours d'Arnaud maintenant...

Tu auras bien dormi quand tu trouveras ce texte demain matin, après mon départ au travail. J'espère qu'il te rendra le sourire.

Je t'aime.

Merci, Franck. Achevons notre récit. Il ne nous reste qu'un article à évoquer. Ensuite, nous pourrons enfin tenter de vivre à nouveau dans le présent.

Article 10 :
Accepter les faiblesses de l'autre, le soutenir en tout.

Anaïs,

Tu as raison. Nous touchons à la fin de notre témoignage avec le dernier article de notre Constitution : un devoir de soutien, apparu lorsque ma mère m'a annoncé son hospitalisation. C'est toi qui l'as voulu, sans doute pour pouvoir me montrer la voie. À cette période difficile, je m'enfermais dans le déni, je refusais de voir sa fin prochaine. Les appels quotidiens à l'hôpital me rassuraient car ma mère avait encore assez d'humour pour donner le change. Toi, tu n'avais aucun doute sur l'issue. Tu le pressentais, bientôt nous serions seuls au monde, en première ligne, totalement orphelins. Tu me conseillais de désobéir à une mère qui refusait mes visites sous prétexte qu'elle allait s'en sortir. Et de me dépêcher tant qu'il en était encore temps.

Grâce à toi, j'ai marché dans les couloirs froids de l'hôpital. J'ai peiné à trouver mon chemin, m'égarant aux urgences parmi une bonne centaine de personnes qui attendaient des soins dans un climat électrique. On m'a finalement orienté vers un autre bâtiment, un mouroir de toute évidence, où l'on ne se pressait pas pour visiter un père, un oncle, une tante ou une grand-mère. Aucune attente, mes pas résonnaient sur le lino. Des râles occupaient le terrain, ça suintait la mort et la peur à tous les étages. Le personnel médical semblait absent.

À chaque passage devant la porte ouverte d'une chambre, je me sentais happé par un regard, un visage, le cri d'une âme assoiffée de compagnie qui revendiquait son droit à un peu de chaleur, un peu de dialogue avant de partir. Je n'ai pas eu le courage de m'arrêter, j'ai lâchement évité de croiser les yeux de ces malades, je n'ai pas pris le temps de leur parler. Au contraire, j'ai accéléré le pas, les yeux baissés au sol, jusqu'à la chambre de ma mère.

La vieille femme au crâne rasé, sans maquillage, semblait dormir sous un drap blanc qui cachait à peine sa maigreur. En quelques semaines, maman avait revêtu le costume d'un cadavre. Un corps sans sexe, dépourvu de féminité ; même le vernis de ses ongles avait déserté le terrain, laissant de légères traces rosées qu'on aurait pu prendre pour du sang séché.

La poitrine dans un étau, j'ai été contraint de m'asseoir. Je me suis pris la tête dans les mains.

— Mon fils, que fais-tu ici ? Tu es venu te moquer de ta mère en fin de vie, moche et ridée jusqu'à l'os ?

— Comment vas-tu ?

— Je n'ai pas envie de parler. Montre-moi plutôt des photos des filles. Ça, c'est important.

Assis côte à côte, nous avons revisité les différents âges de Lucie et Sarah avec mon iPhone, complices, émus. Puis elle a décrété la fin de la visite.

— Je suis fatiguée, maintenant. Mieux vaut que tu partes.

— Je serai là demain.

Elle est morte deux semaines plus tard. À chacune de mes visites quotidiennes, nous avons parlé simplement, nous avons eu des gestes d'affection naturels. Je ne te remercierai jamais assez de m'avoir bousculé pour que je vive ces moments.

Chaque fois que je rentrais de l'hôpital, je songeais à l'énergie ridicule que j'avais dépensée en choses vaines.

L'irréversible avait progressé en silence sans que je m'en préoccupe.

J'ai maudit mon père absent à la mise en terre. « Toi non plus, tu n'échapperas pas au dépôt de bilan personnel », lui ai-je prédit. Le seul lien qui le reliait encore à la normalité résidait dans les propos sincères qu'il échangeait sans doute avec quelques réceptionnistes de ses hôtels de luxe habituels à Londres, New York, Tokyo, Shanghai. À Paris, il ne passait plus car – il me l'avait annoncé au téléphone la dernière fois – la capitale ne jouait plus dans le vaste Monopoly mondial, elle n'était plus qu'une ville-musée qui s'était endormie sur le drap de ses propres beautés.

Il mourra seul.

Après le décès de maman, je suis parti plusieurs fois en week-end avec Arnaud. Tu as été assez tolérante pour m'autoriser ces exils temporaires. Ils n'ont pas été inutiles. Ces périodes d'éloignement m'ont à chaque fois poussé à observer avec objectivité le spectacle de notre famille, dans sa globalité, et non plus au quotidien : c'étaient des temps de respiration. Avec Arnaud, nous aimions nous offrir des moments de solitude lors de nos week-ends ; on se séparait une demi-journée, on méditait chacun de son côté, on s'autorisait des silences. Lui ruminait un peu, à ce qu'il m'en disait, ses mariages ratés, mais se félicitait d'avoir su élever ses enfants. Durant ces excursions, j'ai découvert en lui autant de doutes qu'en nous-mêmes. Simplement, il n'a pas cherché à tordre le destin, il s'est « laissé porter par le flot » et n'a pas résisté à ses désirs.

Ces pauses me permettaient de parler de toi à la troisième personne. Je vantais tes qualités, j'évoquais avec fierté nos petites victoires, et le merveilleux spectacle de Sarah et Lucie qui s'épanouissaient en grandissant. Arnaud riait de ma vision façon *Petite Maison dans la prairie*. Derrière son assurance, il m'enviait, bien sûr, et moi je prenais la mesure de nos efforts. L'éloignement m'autorisait à mettre en mots notre histoire, à comptabiliser les acquis.

Ces week-ends avec Arnaud m'ont fait beaucoup de bien. Il me semble que notre couple a trouvé son bonheur dans une douce tendresse. Les filles ont décroché leur bac, entamé des études et mené une croisière apaisée avec leurs parents. Elles sont redevenues plus faciles à vivre, câlines à nouveau.

Maintenant, nous sommes arrivés au bout de notre histoire, alors je peux écrire que je suis heureux que nous nous soyons risqués à rédiger ce récit. J'ai le sentiment que ces mots nous ont changés. En mieux, je pense.

Il y manque pourtant l'essentiel : ces milliers de jours qu'on ne décrit jamais car ils s'invitent comme un ressac doux et continu. Le bonheur ne remplit pas une page, on le minimise, on oublie sa présence permanente, sa discrétion naturelle. Nous avons si peu écrit sur les bons moments. C'est assez incroyable. Nos esprits se sont concentrés sur les difficultés, alors qu'il serait juste d'écrire à un moment ou un autre que, somme toute, nous avons été heureux. Oui, heureux.

Franck,

Bien sûr que nous avons été heureux. Et pour te remercier, je vais t'offrir un cadeau.

Lorsque les filles étaient adolescentes, je voyais souvent ta mère ; à l'occasion de discussions sur les sautes d'humeur de Sarah et de Lucie, elle me confiait des bribes de sa propre jeunesse. « Vous raconterez un jour à Franck l'enfance de Françoise ! Mais après ma mort seulement », me faisait-elle promettre.

Ces anecdotes, assez décousues, provoquaient en moi des impressions sans fil conducteur. Et puis, un jour, elle a cessé d'en parler. À vrai dire, après son décès, je ne savais trop comment évoquer la chose avec toi sans que cela te blesse. Maintenant que je peins, cela me semble plus facile à exprimer.

Tout d'abord, une image me vient de ta mère à vingt-sept ans, rayonnante. Elle vient de gagner son procès contre ton père, un bon paquet de fric et le droit à l'insouciance. Puis, la voilà à dix-neuf ans, à genoux sur un tapis bon marché, dans un minuscule studio, un simple réchaud sur le sol, à côté des bouteilles de bière et des boîtes de conserve par terre. Libre. Elle vient de se marier avec son premier mari, Jean-Luc, pour fuir ses parents.

Je la vois à huit ans, dans un petit appartement austère, assise à la table de la salle à manger, dans une ambiance militaire. Le gris domine. Ta mère, fille unique, et ses deux parents que tu n'as jamais connus, dînent en silence, droit comme des I. Je lis dans les pensées de l'homme qu'il aurait préféré avoir un fils, qu'il déteste ce foyer étriqué, qu'il pense que Dieu aime avant tout les pères de famille nombreuse. Sa bouche exprime son mépris envers la femme qui lui fait face. Et cependant, il est clair qu'il restera avec elle jusqu'au bout, par devoir, par respect pour l'institution du mariage, et pour le salut de son âme.

La mère de ta mère, elle, terne et raide dans une robe bleue, raconte avec dédain quelques potins sur le voisinage. Je peux discerner, derrière sa pâleur, un esprit desséché – un noyau de pêche consumé au soleil d'une passion évanouie. Cette âme n'a pas été plantée au bon endroit, elle a perdu sa vitalité le jour où on lui a imposé d'épouser ce comptable rassurant, où on l'a privée de son amour d'enfance, le fils du voisin du dessus qui lui avait promis, à l'âge de dix ans, qu'ils partiraient ensemble sur une île des Caraïbes.

Pour avoir dû renoncer à vibrer, cette mère le fait payer cher à sa fille. Aucune fantaisie, aucun souffle de liberté, aucun écart ne vient rompre l'application stricte de la discipline. Dans cette famille, je devine que toute expression de tendresse est proscrite. Les nuits, il ne reste plus à cette fillette qu'à tenter de réchauffer de son petit corps les draps rendus glacés par les économies de chauffage. Enfermée dans le noir, Françoise doit lutter contre les angoisses de l'enfance, sans soutien, sans réconfort. Elle est assise pour dîner, une fourchette à la main, indifférente en apparence, mais ce regard vide trahit son secret : elle est ailleurs, échafaude des rêves de liberté immenses et infinis. Elle établit patiemment la liste de tout ce qu'elle vivra plus tard. Voilà l'enfance de ta mère. Voilà ce qui est à l'origine de ce qu'elle est devenue.

Puis me vient un autre tableau. Je la vois de dos, recroquevillée, tandis que son père, au premier plan, tient à la main une ceinture de cuir dont il la menace. Il va frapper l'insolente, ça ne fait pas de doute. Sa femme lui hurle quelque chose pour le retenir. Il s'immobilise, cloué au sol, les lèvres serrées en une fine jointure. Il a toujours vécu les lèvres serrées. J'imagine son départ à 7 heures du matin, son retour du travail à 19 heures, les quatre semaines de vacances dans les Vosges, la même randonnée chaque jour, la messe chaque semaine, tout cet ordre qui domine son existence et le rassure. Il ne risque pas d'être puni par le destin si tout est bien rangé, à sa place dans son foyer. Reste cette petite récalcitrante dont il devine les rêves fous tandis qu'elle fixe au loin la ligne d'horizon, prête à recevoir les coups. Au fond, il ne sait pas gérer sa gamine et il voudrait la frapper pour se venger de tout ce qui danse dans sa tête de rêveuse.

Je devine la révolte qui gronde chez l'enfant. Je devine la terrible envie de vengeance à ses poings serrés. Pour ne pas devenir un monstre, la petite devra fuir. Elle voudra jouir sans entrave.

Ta mère a-t-elle vraiment choisi son destin ? Probablement pas.

Anaïs,

Merci, merci du fond du cœur pour ce que tu m'as raconté sur ma mère. J'ai le sentiment curieux qu'une boucle se referme, que tout prend sens, et en même temps que ma volonté n'y est pas pour grand-chose. Avons-nous vraiment maîtrisé notre destin ? Ma mère, certainement pas. Une telle rage de jouissance et de liberté ne survient pas par hasard. Mais nous-mêmes, n'avons-nous pas été forgés en réaction contre son attitude et celle de ton père, avec notre Constitution, notre volonté de fidélité, de durer coûte que coûte ? Au fond, d'où venait notre ambition ? D'une simple réaction à la vie dissolue de nos parents ? Dans ce cas, je ne suis pas sûr que nous ayons été aussi libres que nous aimerions le croire.

Je me sens au final épuisé par notre voyage dans le temps, et dans le doute. Et tu l'es probablement davantage encore. Que crois-tu ? que je ne remarque rien ?

Ce soir, tu étais tellement fatiguée que tu t'es endormie tout habillée sur le dessus-de-lit. J'ai recouvert précautionneusement ton corps d'une couverture. Ta maigreur me tétanise. Ton repos a trop de prix pour que je prenne une seconde le risque de te réveiller en te déshabillant.

Si tu veux la vérité, je ne fais pas le malin. Depuis que ta maladie te grignote la santé sans qu'on comprenne pourquoi, j'ai esquivé sans cesse, je me suis concentré sur les détails médicaux, le « protocole », comme le décrivent froidement les blouses blanches. Pour la première fois de l'histoire de notre résistance, j'ai deviné que la seule volonté ne peut pas apporter de solutions miracles. Notre Constitution ne peut rien contre le constat glacial d'un médecin. Reste ce texte, notre seule victoire de ces derniers mois, un pied de nez à la dégringolade. Mais bientôt nous aurons les résultats de tes nouvelles analyses. Et je te jure que dès ta guérison, on changera tout ça ! Voilà pourquoi nous allons faire front, tous les quatre.

Je me suis installé dans le vieux fauteuil, pour surveiller ton souffle, l'empêcher de me faire un sale coup, même si les médecins me rassurent à chaque consultation. Je te regarde en écrivant ces lignes. J'ai attrapé l'ordinateur qui traînait sur ta table de nuit, j'ai relu toute notre histoire au lieu de dormir, tous ces reliefs de notre « odyssée ».

Je voudrais y ajouter des milliers de scènes sans aspérité qui n'y figurent pas. Les repas en famille, les soirées partagées autour d'un jeu ou d'un film, les week-ends au grand air, les consolations au moindre petit bobo, les joies simples à chaque jalon scolaire franchi par nos filles, et ces mille et un gestes de tendresse qui bordaient nos journées, toutes ces complicités que le temps a tissées entre nous quatre.

Il ne faut pas s'étonner que notre histoire tienne en si peu de pages ; nous ne sommes pas des héros et le bonheur ne se décrit pas, je l'ai déjà dit. Au final, c'est bien le récit de nos batailles qu'il s'agissait de mettre en avant – le reste est comme une plume flottant au gré du vent.

Notre Constitution aurait besoin d'autres points de vue pour prendre chair, s'universaliser. Mais peut-on aider les autres, leur faire gagner du temps, leur éviter les déchirements inutiles ?

Mon amour,

Comme il me pèse parfois, votre soutien ! Si tu savais...

Ce matin, après ton départ, je me suis effondrée sur le tapis du salon et j'ai prétexté un faux pas. Lucie n'a pas été dupe, bien sûr. Mon échec à masquer mes faiblesses est ma faiblesse. Mon corps continue à me trahir effrontément. Je le constate chaque jour, impuissante. Les articulations lâchent sans prévenir, je vacille et pourtant je ne manque pas de vigilance à chaque mouvement. Lucie lutte contre mon amaigrissement en me concoctant des cocktails de légumes. Mais je ne supporte plus la dictature de cette chair que je maîtrisais encore il y a quelques mois. Je ne suis plus qu'un esprit qui hante une prison.

Tu as raison, avoir écrit notre histoire me soulage, même si parfois je me dis qu'elle ressemble à un testament. Mes mots préparent peut-être les conditions acceptables d'une capitulation.

Une capitulation ?

Je ne t'y autorise pas ! Nous devons nous soutenir. Tes filles ont besoin de toi. Le week-end dernier, j'ai surpris Sarah en larmes dans la salle de bains. Elle se sent coupable de ne pas être près de toi.

Ce soir, une fois que tu t'es couchée, je suis redescendu boire un verre. Il était tard, je me suis assis dans la cuisine et j'ai compris que, depuis le début de ta maladie, je suis redevenu un enfant, l'enfant abandonné qui, des années durant, a cherché les baisers d'une mère absente.

À ces pensées, je me suis campé face au frigidaire. Elle était là, notre Constitution, cette alliée devenue inutile. J'ai compris qu'elle ne pouvait rien pour notre cité assiégée par la maladie. De rage, et avec beaucoup d'ingratitude, je l'ai arrachée et jetée en boule à la poubelle. Puis je me suis assis sur le carrelage froid, le visage entre mes mains.

Je ne sais pas combien de temps je suis resté comme ça. Un corps chaud s'est soudain collé contre le mien ; j'ai perçu des pleurs contre mon dos, senti la chaleur et l'odeur de notre fille. Lucie, bien sûr.

— Papa, tu n'es pas tout seul, a-t-elle chuchoté.

J'ai attrapé ses mains et les ai portées à ma bouche.

— Tu sais, papa, on en a parlé avec Sarah, on va aider maman encore plus. Sarah a demandé à la direction de son école un report d'un an de sa scolarité. Elle va sûrement revenir vivre ici. On n'a pas besoin de lire votre histoire pour savoir tout ce que maman et toi avez fait. Maintenant, c'est à nous de vous soutenir, encore plus qu'avant. C'est bien écrit qu'il faut se soutenir, dans votre article 10 !

J'ai laissé ma peine s'épancher sans pudeur sur les mains de ma fille. Ça l'a fait pleurer à nouveau, puis nous nous sommes calmés, nous nous sommes réchauffés tendrement.

— Tu sais ce qu'on va faire ? a-t-elle repris.

— Dis-moi.

— Un gouvernement d'union nationale !

J'ai ri.

Tu vois, l'espoir renaît. Nous allons gagner le combat car notre armée a doublé, nous sommes quatre désormais, quatre adultes en résistance.

Mon chéri,

J'ai attendu quelques semaines avant de te répondre. Depuis que Sarah est revenue vivre à la maison, les filles s'activent comme jamais. Sarah bouscule les médecins et je crois bien qu'avec son esprit scientifique elle essaie de dénicher des pistes. Elle évoque une certaine maladie de Lyme, déjà très répandue en Allemagne, et dont les symptômes correspondent aux miens. Il s'agirait probablement d'un futur scandale sanitaire, d'une contamination massive – des centaines de milliers de gens vivant dans l'ignorance de cette maladie, convaincus d'être incapables de travailler en raison d'une dépression, un peu comme moi quand j'ai dû me mettre en arrêt maladie il y a un an. Une tique, une simple tique, a dû me piquer il y a des mois ou des années, et serait la cause de mes douleurs articulaires, de ma fatigue, de ma tachycardie, avec cette impression de me traîner du matin au soir.

On m'a donc prescrit des analyses élargies, car les tests habituels de dépistage ne sont pas fiables à cent pour cent. Sacrée Sarah ! D'argument en argument, elle a convaincu l'équipe médicale d'aller dans ce sens !

Parfois, je me demande si toutes ces charges ne sont pas excessives pour son âge. Je suis assez lucide pour mesurer la souffrance silencieuse de l'entourage qui n'en voit pas le bout. La maladie unit ou désunit les familles, voilà tout. Toi aussi, tu masques tes souffrances, ta lassitude. Vous trois êtes en prison, mais une autre prison que la mienne. Nous nous battons, et pourtant l'écart se creuse, comme un mur de glace que nos corps chauds cherchent à faire fondre.

Parfois, l'effrayante pensée de ma mort trouve une faille pour occuper quelques heures mon esprit. Mais je me reprends. Je vais guérir.

Nous sommes au cœur de la bataille, tous mobilisés. Tu m'as montré la voie. C'est pour cela que je dialogue quotidiennement avec mon corps. Maintenant, je lui dis aussi que je l'aime. Oui, je vais guérir. Tant d'amour livré par toi, Lucie et Sarah finira par l'émouvoir.

Anaïs,

Trois mois que je n'ai pas osé déposer le portable sur ton lit. Tu me connais, je suis superstitieux. Mais cette fois, j'ai quand même envie de le crier. J'ai l'impression que tu vas mieux. En tout cas, on entend à nouveau les rires des filles jaillir dans l'appartement. Demain, tu devrais essayer de peindre, on devinerait vaguement le rêve que nous avons fait il y a tant d'années : au premier plan, toi et moi, deux vieux guerriers au-delà de la passion, de la tendresse, et même de ce qu'on appelle communément l'amour. Au-delà de la maladie. Et à l'arrière, deux autres formes, deux anges, en vol.

Mon chéri,

Je serais bien incapable de faire cette peinture-là. Oui, c'est vrai, je me sens mieux, ne serait-ce que psychologiquement, surtout depuis qu'ils ont enfin mis un nom sur ma maladie, se sont excusés et ont décrété que la solution passerait par un traitement de plusieurs mois avec une famille d'antibiotiques particulière. Sarah avait raison, c'est bien la maladie de Lyme. Heureusement, nommer le mal, c'est déjà le maîtriser.

D'ailleurs, la chimie semble gagner le combat dans mon corps, les symptômes se font plus rares. Alors j'ai décidé, depuis quelques semaines, de me débarrasser aussi de mes vieux fantômes. J'ai secrètement lancé des recherches sur mon père. J'ai enquêté, j'ai appelé, j'ai fouillé le passé. En y mettant de l'ordre, j'injecte des antibiotiques dans mon esprit.

J'ai découvert qu'il a été le fils unique et sans doute la gloire de ses parents, qui tenaient une quincaillerie dans une petite ville de l'Eure. J'ai ensuite retrouvé sa trace dans l'annuaire en ligne des anciens de Polytechnique – je savais par maman qu'il avait fait l'X. J'ai appelé au hasard quelques anciens de sa promotion, et l'un d'eux s'est souvenu : « Ah oui, je me rappelle, un beau blond, un esprit brillant, et un sacré rebelle. Il animait la revue des étudiants en grève pendant les événements de Mai 68. Il rejetait tout, la société, les bourgeois, l'institution ! Il paraît même qu'il a interdit à ses parents de venir à la remise de son diplôme. Vous vous rendez compte ? On était sacrément remontés à l'époque ! »

J'ai retrouvé un article signé par mon père, un appel à la révolte plein de rage. Les bourgeois qui « empêchaient la jeunesse de baiser comme bon lui semblait » en prenaient pour leur grade, et la classe ouvrière était sommée de prendre les armes. Dans une autre publication, il expliquait que l'instinct de possession constituait le dernier reliquat d'une éducation qu'il fallait rejeter pour être totalement libre. Il conseillait de lire Althusser, Sartre et Foucault.

Grâce aux annuaires des années suivantes, j'ai constaté qu'il s'était détourné du développement industriel, des usines à bâtir et des ouvriers à faire vivre, et avait opté sans hésitation pour une banque d'affaires. Les luttes sociales l'amusaient, mais le royaume des chiffres était tout de même plus excitant. Un article des *Échos* évoque d'ailleurs sa nomination comme associé-gérant chez Goldman Sachs, à l'âge de vingt-neuf ans, comme une consécration : « L'un des meilleurs traders de la place de Paris, notamment pour sa maîtrise des algorithmes appliqués à la spéculation sur les taux de change », a écrit un journaliste.

À trente ans, lorsqu'il a rencontré ma mère, il devait déjà gagner énormément d'argent. Six ans plus tard, il quittait la France pour les États-Unis. Entre les deux, je n'ai rien trouvé. Ce qui me rassure, c'est que cela m'ôte tout regret de ne pas avoir connu cet homme !

Maintenant, je le sais, je vais parvenir à l'extraire de mon cerveau.

Anaïs,

Je suis heureux pour toi, mon amour. Tu as raison de crever cet abcès une bonne fois pour toutes.

Franck,

Tu te fais du souci, je le vois aux coups d'œil que tu me lances le matin, au petit déjeuner. Pourtant, il n'y a pas de quoi s'inquiéter. Si je ne t'ai pas répondu depuis trois semaines, c'est que j'ai bien avancé dans mes recherches. Je peux même dire que j'ai terminé mon enquête. J'ai rencontré Jean-Philippe, un des proches collègues de la banque de mon père au look soigné, un noble dans le décor luxueux d'un appartement situé avenue de la Grande-Armée, un bon trois cent cinquante mètres carrés. Il semblait y vivre seul. Doux, au premier abord, par le ton de sa voix, son allure, cette manière détachée de m'accueillir. Il m'a offert un café avec beaucoup de prévenance et m'a parlé avec une étrange facilité.

Jean-Philippe m'a expliqué comment mon père a fait fortune dans les années 1990. La Bourse explosait, les bonus atteignaient des sommets. Ma mère était subjuguée par cette réussite. Elle acceptait tout du grand blond au sourire optimiste, au teint hâlé, dont l'intelligence et le savoir l'impressionnaient. Mon père, lumineux, brillant, charismatique...

— Votre père... Ah, ses soirées ! Mon Dieu, quels merveilleux souvenirs ! Au début, on se soûlait pour fêter un bonus, une affaire, le CAC à +10 %. Mais très vite, votre père, de qui j'étais très proche, a proposé d'ajouter en fin de soirée ce qu'il appelait des moments de « partage ». Vous voyez ce que je veux dire ?... Et il nous a convaincus. Nous avons sélectionné les convives en fonction de ça ensuite. Devenir adulte, c'était couper les attaches qui n'étaient que des chaînes, se réinitialiser, se construire, oublier les règles ancestrales. Le prochain siècle serait celui des êtres libres, sans nation, sans racines ! Votre père clamait haut et fort que l'échange des corps constituait selon lui l'avènement d'une liberté que le meurtre de Dieu rendait enfin possible. Je le pensais aussi. J'avais jeté des pavés sur les flics, ce n'était pas pour me dégonfler.

J'ai regardé ce témoin froid, ce complice, qui évoquait la déroute de ma famille calmement, sans remords, avec son petit col roulé noir. Tandis qu'il parlait, tout s'éclairait pour moi, les bruits que j'entendais ces nuits-là, ce malaise que je ressentais enfant.

Je me suis levée et je suis partie sans un mot.

Voilà, désormais je sais tout, je suis libérée de mon passé. J'ai été sauvée parce que ma mère a su quitter mon père à temps. Oui, savoir quitter, c'est important aussi...

Ma chérie,

Je suis très heureux que tu puisses refermer à jamais le dossier empoisonné de ton père. À présent, nous pouvons prendre un nouveau départ. Lucie m'a montré tes derniers résultats médicaux, et il y a de quoi y croire. Tu es presque guérie ! Tu retrouves ton énergie, tu te déplaces mieux, tu souris aussi ! Alors vivons l'instant présent au centuple. Je te propose que nous laissions notre texte reposer quelque temps. Puis nous le relirons, et peut-être le ferons-nous lire aux filles. Elles seront fières de nous !

Vers une nouvelle Constitution ?

Franck,

Je sais que tu seras intrigué en découvrant ce texte, ce soir, à ton retour du bureau.

Au bout de plusieurs semaines de silence, tu sens que je trame quelque chose, que je reporte sans cesse ton projet de semaine à deux. Je suis sûre que mon absence t'inquiétera. Le silence de l'appartement t'apprendra ce choix que j'ai mûri depuis des mois. Et, après avoir lu ces mots, tu te demanderas comment l'annoncer à Lucie et à Sarah. Ne t'inquiète pas pour cela, je leur ai laissé une lettre à chacune. Je ne peux pas leur dire les mêmes choses qu'à toi, c'est évident. Tu l'as compris : je pars quelque temps. Au moment où j'écris ces lignes, un taxi est en chemin.

Fallait-il terminer notre récit ? Je me suis longtemps posé la question. Nous aurions pu en rester à la victoire sur la maladie, ne rien laisser entendre de la suite ; nous aurions menti par omission. Mais cela n'aurait pas été honnête. Je préfère une fois de plus affronter la vérité plutôt que de construire une légende.

Et puis, mon départ n'est pas synonyme d'échec. Tu auras sans doute des difficultés à l'admettre au début, mais tu comprendras. Ce n'est pas un départ définitif. Ni une séparation.

J'ai attendu avant de te prévenir. Je voulais être complètement tirée d'affaire, que les filles aient repris leurs vies, que l'inquiétude ait disparu de notre quotidien.

Savoir se quitter, se quitter « un peu », pour quelques jours, quelques semaines, peut-être quelques mois, c'est important. Nous aurions dû y songer, imaginer ce cas, anticiper et écrire un article. Ou bien s'agit-il là des bases d'une nouvelle Constitution ? Je penche pour cette option. Les articles y seront ceux de la détente, du plaisir, de l'indolence. Et pour nous deux, un nouveau rêve à formuler : celui de deux combattants devenus sages et décidant désormais de profiter d'eux-mêmes. Oui, il faut passer à autre chose ; depuis des mois, je le ressens au plus profond de moi, la vérité tient en une phrase : tout est accompli. Grâce à notre volonté et à nos fameux articles, nous l'avons atteinte, cette rive où, en vieux guerriers, nous sommes « au-delà de la passion, de la tendresse, et même de ce qu'on appelle communément l'amour ». Et puis, nos filles devenues adultes, nous voilà « sans devoir », fiers d'elles. C'est pourquoi nous devons changer, entamer une nouvelle ode, ensemble mais différemment.

Prolonger notre histoire avec les mêmes articles, comme si rien ne s'était passé, comme si un cycle ne s'achevait pas, ce serait un peu se mentir, ou bien agir par conservatisme en esclaves de ce récit, pour pouvoir mourir en criant au monde : « Regardez ! Regardez comme nous avons réussi ! Main dans la main, jusqu'à la mort. »

Vivre côte à côte, collés l'un à l'autre, pour ne faire qu'ânonner notre Constitution au premier venu ? Nous pouvons beaucoup mieux, crois-moi. Nous pouvons décoller, à nouveau. Tu évoques nos combats. Moi, je ne veux plus combattre pendant un moment. Je veux vivre. J'ai soif de vivre, vivre, sans autre horizon que la vie elle-même.

En relisant notre histoire, j'ai pu m'en détacher, l'observer comme un fait extérieur, la juger avec toute ma raison cette fois-ci, sans a priori, et avec le recul que la maladie m'a offert en compensation du long supplice qu'elle m'a infligé. Tandis que les images de notre vie de famille se superposaient à celles des articles de notre Constitution, que le destin de nos parents se révélait à nous comme la clé d'une énigme, je me suis demandé si désormais nous n'avions pas le droit de lâcher prise, d'être égoïstes. Ce récit m'a appris bien des choses sur moi-même. Je suis devenue plus sensible à mes impressions. Oui, je ne te remercierai jamais assez de m'avoir poussée à accepter l'idée de ce récit ; je le craignais, j'avais tort et raison à la fois. Et puis, au fur et à mesure que nous l'écrivions, j'ai dénoué ce qui m'empêchait d'éprouver l'estime de soi. J'ai accueilli cette fierté non comme une marque d'orgueil, ni même comme une juste récompense des années d'effort et de lutte, mais comme un simple débordement de vie.

Ce qui est certain, c'est que désormais je veux décider de la suite de mon existence. Tu me diras que la maladie crée des conditions propices à un appel à l'aventure. Tu as raison ; lorsque mon corps la combattait, je rêvais pour me soulager de mille paysages, d'horizons lointains et aussi d'une liberté absolue, je rêvais de n'avoir plus qu'un être dont me soucier : moi-même. Sans doute, votre amour m'a guérie. Mais au fond c'est la vie qui m'a guérie, la vie que je n'avais peut-être pas su écouter auparavant.

Mon existence a été trop souvent une marche rythmée, pas vraiment une valse. Mais je suis maintenant une femme qui s'aime et qui désire ardemment danser. Alors je pars pour un petit tour. Et je vais revenir, bien sûr. Cette valse, ne t'inquiète pas, mon chéri, j'ai aussi envie de la danser avec toi à l'avenir, car mon départ prépare un retour ensoleillé, des retrouvailles et ensuite, pourquoi pas, un autre voyage, à deux cette fois.

Tu vas me prendre pour une folle, et sans doute le trop-plein de santé qui coule dans mes veines est-il une forme de douce folie. Je m'imagine, dans les prochains jours, réapprendre à prendre mon temps, accepter sans mauvaise conscience de m'asseoir seule à la terrasse d'un café et y observer le monde autour de moi deux ou trois heures durant. Pendant quelques mois, je me rêve sans horaire, sans guide touristique, errant d'un lieu à un autre dans un pays lointain et, au détour d'une rencontre, passer une frontière, voyager léger. J'ai quelques économies, comme tu le sais, depuis la mort de maman.

Je boufferai chaque instant comme si c'était le dernier, sans me hâter pour autant, sans céder à la panique. Je m'offrirai le temps de la contemplation, assise devant l'océan, pour être en résonance avec le va-et-vient des vagues. J'ai faim de tout. Je te raconterai, ne t'inquiète pas, on se parlera, on se dira de gentilles choses car on se manquera, c'est certain.

Et sans doute à travers mon absence retrouverons-nous le goût de l'autre, l'envie de nous voir, de profiter l'un de l'autre.

J'essaierai de dessiner. Ou pas. Il faudra accepter le verdict. Cela viendra ou ne viendra pas. Peu importe si mille couleurs chantent dans mon esprit et ne trouvent aucune forme pour les immortaliser. Ce qui compte, c'est que je m'autorise à nouveau l'imagination comme source de pensée. Je veux désormais conjuguer notre existence au présent. Aucun objectif. Aucun projet. Naïve, inconséquente, impulsive, irréfléchie, étourdie, insouciante, et surtout rêveuse. Voilà mon futur, voilà aussi le tien si tu acceptes de me rejoindre dans cette nouvelle vie. Mais je devine déjà que tu vas adorer la nouvelle Anaïs si tu vois les choses du bon côté.

Dans deux ou trois mois, je reviendrai pour embrasser nos filles, partager un dîner et une bouteille de juliénas avec toi, te prendre la main en rentrant, redécouvrir le désir, la tendresse et le sommeil à tes côtés. Je te raconterai mes voyages, mes impressions, mes pensées. Puis on partira ensemble cette fois. Et on reviendra. Ensuite, peut-être t'offriras-tu ce droit à la solitude, quelques semaines je ne sais où. Tu me manqueras. Je resterai dans l'appartement, on se téléphonera, on sera plus proches qu'on ne l'a jamais été.

Tu vois, je souhaite peindre une toute nouvelle toile pour nous.

Tu vas mettre un peu de temps à accepter, tu te diras que je suis ingrate après tant de sacrifices, tant de frayeurs, après le long sacerdoce que je vous ai imposé à tous les trois. Mais tu comprendras. Pendant mon absence, tu devrais te mettre à écrire, seul, sans alibi, car cela fait bien longtemps que cette ambition te tourmente. Et puis, tu décideras ce que tu feras de ce récit. Je te laisse juge. En revanche, je suis convaincue qu'il ne faut pas le censurer, ni l'amender. Il doit rester relativement brut. Je te l'offre, fais-en ce que tu veux.

Dis bien aux filles que je les aime plus que tout et qu'elles ne s'inquiètent pas. Je leur enverrai des mails régulièrement. À toi aussi, bien sûr. Je suis fière de notre couple, de nos luttes, fière de toi, fière de nos faiblesses qui nous ont appris l'humilité. J'ai pris un premier billet. Ce sera l'Argentine. Je pars dans quelques minutes, avec vous en moi.

Je vous aime,

Anaïs

La Constitution du couple

Article 1 : Ne jamais critiquer l'autre lorsqu'il s'occupe du bébé.

Article 2 : S'organiser pour se répartir les tâches.

Article 3 : N'avoir aucun devoir envers sa belle-famille.

Article 4 : Refuser que l'enfant soit roi.

Article 5 : Ne pas tout se dire.

Article 6 : Résister aux tentations.

Article 7 : Se retrouver une soirée par semaine, un week-end par mois et une semaine par an.

Article 8 : Éduquer ses enfants malgré l'environnement, et souvent contre lui.

Article 9 : Demeurer solidaires dans les décisions, face aux enfants.

Article 10 : Accepter les faiblesses de l'autre, le soutenir en tout.

Remerciements

À Émilie, Héloïse et Hadrien, pour leur patience.

À Anne, Sophie, Stephen et toute l'équipe des éditions Anne Carrière pour leur professionnalisme et leur écoute. Être éditeur, c'est un métier, une passion, un savoir-faire.

À Élisabeth, Sophie et Luis pour leur aide précieuse.

Mis en pages par DV Arts Graphiques à La Rochelle,
cet ouvrage a été achevé d'imprimer
par CPI Firmin-Didot, à Mesnil-sur-l'Estrée (27),
pour le compte de S.N. Éditions Anne Carrière
39, rue des Mathurins – 75008 Paris
en novembre 2017

Imprimé en France
Dépôt légal : octobre 2017
N° d'édition : 863 – N° d'impression : 144523